Hurtig komm
in meinen Arm,
schlüpf sie
ab, die Nacht-
gewänder

Hocherotik

Hurtig komm in meinen Arm, schlüpf sie ab, die Nachtgewänder

Hocherotik

Herausgegeben von Gesine Karge,
Manfred C. Reimann und Andreas Fischer

Vorwort

von Gesine Karge

Der deutschsprachige Raum gilt gemeinhin nicht als die Spielwiese der erotischen Literatur. Da mag es schon erstaunen, wie viel Wollust und Lüsternheit es dennoch in der deutschen Lyrik des 17. bis 19. Jahrhunderts zu entdecken gibt, und wie oft körperliche Liebe und sexuelles Begehren zum zentralen Thema wird. Doch gleichzeitig offenbaren sich auch die Schwierigkeiten, die die Dichter mit diesem Thema hatten.

Das Barock kann man in diesem Zusammenhang wohl mit Fug und Recht als das goldene Zeitalter der erotischen Dichtung bezeichnen. Für die erotische Lyrik des 17. Jahrhunderts steht der weibliche Körper, das körperliche Begehren und schließlich die sexuelle Vereinigung im Mittelpunkt. Eine üppige und lustbetonte Metaphernsprache beschreibt alle Facetten der Wollust; so wird eine Eindeutigkeit erreicht, die frei von Derbheit oder Obszönität ist.

Die erotische Rokoko-Lyrik des 18. Jahrhunderts, durchaus dem Sinnlich-Sexuellen zugetan, zeigt sich indes eher lüstern als wirklich lustvoll. Scheffners Gedichte im Geschmack des Grecourt sind dafür ein sehr schönes Beispiel. Und es kommen kleine, pikant humoristische Histörchen in Versform in Mode.

Auch die Klassiker wie Wieland, Goethe oder Lessing sind dem Thema Sex durchaus zugetan. Doch die Erotik entschlüpft hier eher in pointierte und teils durchaus freizügige Epigramme. Und sie entweicht aus den offiziellen Ausgaben, wie Goethes Paralipomena zu Faust I. Sie fällt der Selbstzensur der Dichter zum Opfer.

Was ist passiert? «Gib mit statt *Der Sch*... ein ander Wort, o Priapus», klagt Goethe in den Venezianischen Epigrammen. Den Dichtern jener Zeit hat es beim Thema Liebeslust förmlich die Sprache verschlagen. Die Benennung des Sexuellen zerfällt in wissenschaftlich-medizinische Termini technici und Vulgärsprache, der körperlichen Lust und Liebe kommt der poetische Ausdruck abhanden. Von gesellschaftlicher Akzeptanz ganz zu schweigen: Das bürgerliche Zeitalter in Deutschland ist prüde.

Doch, und das wissen wir spätestens seit Freud, die Libido wird sich ein Ventil suchen – auch in Versform. Die Antwort auf die idealistische und oft auch pathetische Dichtung der Klassik, der darauf folgenden Verinnerlichung der Romantik und schlussendlich der Biedermeierlichkeit liegt in der *obszönen Ode* (Bürger), der erotischen Travestie und der pornographischen Parodie. In dieser Zeit zirkuliert so manches drastisch-pornographische Gedicht unter der Hand mit angeblich berühmter Verfasserschaft. In klandestinen Publikationen werden diese Texte in Umlauf gebracht. Heute sind diese Sammlungen sehr aufschlussreich in Hinsicht auf Produktion, Vielfalt und Verbreitung erotischer Texte.

Die Mitte des 19. Jahrhunderts präsentiert sich für den Liebhaber erotischer Literatur als Wüste, sofern ihm nur die *offizielle Abteilung* des Literaturangebots zur Verfügung steht. Wenn, ja wenn da nicht Heinrich Heine wäre. Endlich spricht wieder ein dichterisches Ich über seine lust- und leidvollen erotischen Erfahrungen. Mit viel Witz, manchmal auch melancholisch, immer ironisch gebrochen.

Im letzten Drittel des 19. Jahrhunderts nimmt die erotische Lyrik wieder Fahrt auf. Aber sie unterliegt zunehmend der schwülen Dekadenz des Fin de Siècle. Sexualität wird zu einem Synonym des Verfalls, morbid und pervers. Von Felix Dörmann (hier exemplarisch aufgeführt) zum schwülstigen, fast unerträglichen Exzess getrieben.

Und etwas Neues bringt diese Zeit. Die ersten Lyrikerinnen machen die körperliche Lust zwar noch vereinzelt aber doch recht unumwunden zum Thema.

Am Schluss wagt diese Anthologie einen Aus-Rück-Blick mit Arno Holz. Den Aus-Blick ins 20. Jahrhundert, dem sich der nächste Band dieser Reihe widmet und zu dessen Anfängen auch Arno Holz gehört. Zugleich gewährt seine herrlich witzige Barock-Travestie noch einmal einen kurzen wonniglichen Rück-Blick auf den Anfang unseres Bandes: das 17. Jahrhundert.

Hocherotik

So laß mich deine blume seyn / Biß meine wurtzel grund in deinem schooß gewonnen

Christian
Hoffmann von
Hoffmannswaldau*

Schertz-lied

Als die Venus neulich sasse
In dem bade nackt und bloß /
Und Cupido auff dem schooß
Von dem liebes-zucker asse /
Zeigte sie dem kleinen knaben
Alles was die frauen haben.

Marmel-hügel sah er liegen /
Von begierden auffgebaut;
Sprach zur mutter überlaut:
Wenn werd ich dergleichen kriegen /
Daß mich auch die schäferinnen /
Und die damen lieb gewinnen?

Venus lacht aus vollem munde
Uber ihren kleinen sohn:
Denn sie sah und merckte schon /
Daß er was davon verstunde /
Sprach: du hast wohl andre sachen /
Die verliebter können machen.

Unterdessen ließ sie spielen
Seine hand auff ihrer brust:
Denn sie merckte / daß er lust
Hatte weiter nachzufühlen /
+

Biß ihr endlich dieser kleine
Kam an ihre zarte beine.

Als er sich an sie geschmieget /
Sprach er: Liebes mütterlein /
Wer hat an das dicke bein
Euch die wunde zugefüget?
Müst ihr weiber denn auff erden
Alle so verwundet werden?

Venus konte nichts mehr sagen /
Als: du kleiner bösewicht /
Packe dich / du solst noch nicht
Nach dergleichen sachen fragen.
Wunden / die von liebes-pfeilen
Kommen / die sind nicht zu heilen.

Neukirchsche Sammlung
Anonym

Auff zwey zusammen schlaffende.

1. Spiele Cupido du lüsternes kind!
Brauche die waffen /
Wo du zu schaffen /
Wo man dich kennet /
Und Söhnigen nennet /
+

Itzo beschlaffen wir unsere lust/
Decken mit federn die nackichte brust.

2. Hätte gleich heute dein bogen verletzt
Unsere hertzen/
Sind doch die schmertzen/
Wieder gedämpfet/
Du selber bekämpfet/
Weil uns vergnüget die finstere nacht/
Die uns vom springen zu ruhe gebracht.

3. Andre bediene / wir achten es nicht /
Schiesse / verletze /
Wieder ergötze /
Brauche vergnügen /
Wo liebgen nun liegen /
Itzo besieget dein bogen uns nicht/
Weil es uns allen am besten gebricht.

4. Flammen entzünden nur flammen und glut/
Wilstu bekriegen/
Wilstu besiegen/
Sollen wir brennen/
Gefangen uns nennen/
Müssen es feuer und brände nur thun /
Die uns entzünden und lassen nicht ruhn.

+

5. Aber wir wissen: wir fühlen itzt nichts /
Unsre gedancken /
Bleiben in schrancken /
Unsere glieder /
Erquicken sich wieder /
Dieses gefieder ist unsere lust /
Wärmet uns weil uns nichts bessers bewust.

6. Ruhet ihr täubgen / vertreibt euch die zeit /
Biß euch das hertzet
Was euch ietzt schmertzet /
Biß euch ergötzet
Was itzo verletzet /
Biß ihr in armen was männliches drückt /
Das euch mit fließendem zucker erquickt.

Heinrich
Mühlpfort*

Hier müssen frische myrthen stehn /
Mein fuß soll itzt auff rosen gehn /
Das glücke soll mir selber betten /
Denn die / so meine seele liebt /
Und der mein hertze sich ergiebt /
Bindt mich mit allzu-schönen ketten.

+

Sie zeigt die schätze ihrer gunst
In gleicher glut / in gleicher brunst /
Ihr blut entdecket die gedancken /
Hier leg ich meine freyheit hin /
Weil ich ihr liebs-gefangner bin /
Ihr will sey mein ziel in schrancken.

Der frühling ihrer besten zeit /
Voll anmuth / voller lieblichkeit /
Giebt meinen geistern neues leben /
Ich seh' auff ihrem wangen-rund /
Und dem so schönen zucker-mund
Die Gratien leibhafftig schweben.

Komm / schönste / meiner seelen licht /
Laß mich aus deinem angesicht
Des hertzens wahre meynung lesen:
Ich weiß von deiner edlen treu /
Daß ihr nichts vorzuziehen sey /
Nie iemahls etwas gleich gewesen.

Laß uns / weil es der himmel schafft /
Und wir noch voller blut und safft /
Der liebe nectar-strohm geniessen;
Den bund / der uns zusammen fügt /
Und beyder hertz und sinn vergnügt /
Besiegelt ein empfindlich küssen.

+

Du bist mein stern/ mein paradeiß/
Und was ich nicht zu nennen weiß/
Der kern und ausbund meiner seelen/
Es soll in diesem leib und blut
Stets brennen meiner liebe glut/
Biß zu den finstern grabes-hölen.

Alleine hör/ was Venus spricht/
Mein engel/ und mein augen-licht/
Sie will nicht bloß mit worten spielen;
Sie ladet uns zun wercken ein/
Und heißt uns da geschäfftig seyn/
Die heissen flammen auszukühlen.

Christian
Hoffmann von
Hoffmannswaldau*

1. Albanie/ gebrauche deiner zeit/
Und laß den liebes-lüsten freyen zügel/
Wenn uns der schnee der jahre hat beschneyt/
So schmeckt kein kuß/ der liebe wahres siegel/
Im grünen may grünt nur der bunte klee.
Albanie.

2. Albanie/ der schönen augen licht/
Der leib/ und was auff den beliebten wangen/
Ist nicht vor dich/ vor uns nur zugericht/
+

Die äpffel / so auff deinen brüsten prangen /
Sind unsre lust / und süsse anmuths-see.
Albanie.

3. Albanie / was quälen wir uns viel /
Und züchtigen die nieren und die lenden?
Nur frisch gewagt das angenehme spiel /
Jedwedes glied ist ja gemacht zum wenden /
Und wendet doch die sonn sich in die höh.
Albanie.

4. Albanie / soll denn dein warmer schooß
So öd und wüst / und unbebauet liegen?
Im paradieß da gieng man nackt und bloß /
Und durffte frey die liebes-äcker pflügen /
Welch menschen-satz macht uns diß neue weh?
Albanie.

5. Albanie / wer kan die süßigkeit
Der zwey vermischten geister recht entdecken?
Wenn lieb und lust ein essen uns bereit /
Das wiederholt am besten pflegt zu schmecken /
Wünscht nicht ein hertz / daß es dabey vergeh?
Albanie.

6. Albanie / weil noch der wollust-thau
Die glieder netzt / und das geblüte springet /
So laß doch zu / daß auff der Venus-au
+

Ein brünstger geist dir kniend opffer bringet /
Daß er vor dir in voller Andacht steh.
Albanie.

Gottlieb
Siegmund
Corvinus
(Pseud.: Amaranthes)

Als er ihrentwegen einen schweren Traum hatte

1. Laß mich schlaffen / liebste Seele /
Wilst du nicht zu frieden seyn?
Daß ich mich am Tage quäle /
Und mein Hertz viel tausend Pein
Deinetwegen muß ertragen /
Soll mich noch ein Schatten-Spiel
Mit verliebten Träumen plagen?
Engels-Kind! das ist zu viel.

2. Können doch verhaste Sclaven /
Weil das Schiff vor Anker liegt /
Bey der Nacht geruhig schlaffen /
Ich allein schlaff unvergnügt /
Auch die Nacht will mich nicht schützen /
Denn mein Hertz erfährt darbey /
Daß es muß erbärmlich schwitzen:
Tag und Nacht ist einerley.

+

3. Wenn der überhäufte Kummer
Meinen schwachen Glieder-Rest
Ja zuletzt in einem Schlummer
Auf das Bette sinken läst /
Schlaff ich doch auf Jacobs Steinen /
Denn es wird mir bey der Nacht
Gleich was in dem Traum erscheinen /
Das sich Engeln ähnlich macht.

4. Ich darf zwar in Himmel steigen /
Welcher deinen Schooß umschleust /
Weil dein gütiges Bezeugen
Mir im Traum die Leiter weist /
Und geniesse Zucker-Leben,
Das mir deine karge Hand
Nimmermehr wird wachend geben /
Denn du bist von Diamant.

5. Amor läst mich träumend siegen /
Und ich seh der Palmen satt
Auf der weissen Wahlstatt liegen /
Die mein Arm erfochten hat /
Und bey meinem süßen Schlaffen /
Wenn sich Mast und Seegel regt /
Läufft mein Schiff in deinen Hafen /
Den die Venus angelegt.

+

6. Ich beschiff bey Sturm und Blitzen
Deine neu erfundne Welt;
Wenn die Wellen um mich spritzen /
Und der Schaum ins Bette fällt /
Land ich / eh ichs mich versehe
An den Zucker-Insuln an /
So / daß ich sie in der Nähe
Halb entzückt besteigen kan.

7. Wenn ich mich in Träumen paare /
Find ich keinen Widerstand
Den ich offt bey Tag erfahre /
Denn im Schlaff darf meine Hand
Nach den Purpur-Muscheln greiffen /
Die dein Ufer ausgesät /
Ja ich darf noch weiter streifen /
Weil mir alles offen steht.

8. Aber, ach! wenn ich erwachet /
Sincket mir mein steiffer Muth /
Ob ich gleich im Schlaff gelachet /
Und es mir noch sanffte thut /
Läst mich doch der Glaube lesen
Der mir in die Hände kömmt /
Daß mich nur ein schäumicht Wesen
Bey den Träumen überschwemmt.

+

9. Meine Glieder seynd geschlagen /
Und der ausgebrochne Schweiß
Stehet / daß ichs kaum mag sagen /
Auf dem Leibe Tropffen-weiß /
Ich kan kaum die Lenden rühren /
Denn die Geister seynd dahin /
Noch mich aus den Federn führen /
Weil ich matt und müde bin.

10. Drum / so stelle / liebste Seele /
Künfftig hin dein Martern ein /
Da ich mich am Tage quäle /
Laß die Nächte meine seyn /
Sich am blossen Schatten laben /
Ist ein Eiß / das bald zerbricht /
Was ich nicht soll wachend haben /
Mag ich auch im Traume nicht.

Celander

Als er ihre Brüste küsste.

Blondine deiner Brüste Kuß /
Hegt mehr von süssen Überfluß
Als tausend Zucker-Fladen
Und theure Marmeladen.
+

Mehr Süssigkeit quilt aus dem Schnee
Der Brüste / als aus Hyblens Klee /
Die Feige wird zur Schleen
Kein honig kan bestehen /
Daß nicht zu Gall und Wermuth wird
Wenn es der Brust wird beygeführt.
Der Wein wird schlechte Pfütze
Das Manna Haber Grütze /
Dein Ambrosin und Nectar Safft
Benimmt dein Busen alle Krafft /
Dein unbefleckte Brüste
Die Zinsen Himmels-Lüste.

Johann
von Besser*

1. Nicht schäme dich / du saubere Melinde /
Daß deine zarte reinligkeit
Der feuchte mond verweist in eine binde /
Und dir den bunten einfluß dräut.
Der große belt hegt ebb' und flut /
Was wunder / wenns der mensch der kleine thut.

2. Die röthligkeit bey deinen bunten sachen
Hat niemahls deinen schooß versehrt.
Wie muscheln sich durch purpur theuer machen /
+

So macht dein schnecken-blut dich werth.
Wer liebt ein dinten-meer wohl nicht/
Weil man daraus corallen-zincken bricht?

3. Nur einmahl bringt das gantze jahr uns nelcken/
Dein blumen-busch bringts monatlich/
Dein rosen-strauch mag nicht verwelcken/
Sein dorn /der hält bey dir nicht stich/
Denn was die sanfften blätter macht/
Das ist ein thau von der johannis-nacht.

4. Kanst du gleich nicht die lenden hurtig rühren/
Lobt man dich doch im stille stehn/
Der augenblau wird leichtlich sich verlieren/
Denn wirst du seyn noch eins so schön.
Man sammlet/spricht die gantze welt/
Viel besser frucht/wenn starcke blüte fällt.

5. Laß mich darum doch keine fasten halten/
Ein könig nimmt den schranck zwar ein/
Doch muß er fort/wann sich die wasser spalten/
Der geist muß ausgestossen seyn.
Man geht/wie iedermann bekandt/
Durchs rothe meer in das gelobte land.

Otto Christoph Eltester*

Die liebe steigt nicht über sich /
sondern unter sich.

Dein auge solte mir zum tempel neulich dienen /
Allein der große brand that meiner seelen weh:
Drum zog sie sich hinab zu deiner wollust see /
Und kühlte wieder sich mit nectar und rosinen.
Sie tranck und ward beräuscht aus deinen
mund-rubinen /
Und taumelte von dar auff deiner brüste schnee /
Die zweyen bergen gleich / von wegen ihrer höh /
Am gipffel etwas roth / sonst gantz beeiset schienen.
Doch / weil hier kälte war / sie aber nackt und bloß /
So kroch sie endlich gar in deinen warmen schooß /
Da ward ihr allererst ihr lager angezeiget.
Climene / zürne nicht. Sie folget der Natur /
Sie geht den reglen nach / und hält der liebe spur /
Die mehrmahls unter sich / nicht aber auffwerts
steiget.

Benjamin Neukirch?*

Climene / prüfe fleisch und blut /
Und straffe meine liebes-glut /
Nicht nach der schwäche deiner flammen;
Mein feuer kömmt aus Adams schooß /

+

Darein der himmel selber floß;
Wie kan dein menschlich hertz doch meine glut
verdammen.

Du bist/ wie Eva/ fleisch und bein/
Drum kanstu auch kein engel seyn/
Und ausser menschen dich verlieben/
Und das gesetze der natur/
Das mit dem athem in uns fuhr/
Hat auch in deine brust: seyd fruchtbar;
eingeschrieben.

Wer sich in stiller glut verbrennt/
Und menschen-liebe sünde nennt/
Muß auch das paradieß verdammen;
Denn Evens weisse marmel-haut
War kaum aus knochen auffgebaut/
So fühlte Adams hertz schon süsse liebes-flammen.

Climene/ drum bedencke dich/
Du kanst hier ohne dornen-stich
Die schönsten zucker-rosen brechen.
Ein mensch muß wie die ärtzte seyn/
Und eher nicht von todtes-pein/
Als von der lebens-krafft der starcken öle sprechen.

Schau/ meine seele schmeltzt in mir/
Und alle glieder folgen dir/

+

Gleich wie die blumen ihrer sonnen;
Bist du mir nun mein sonnen-schein/
So laß mich deine blume seyn/
Biß meine wurtzel grund in deinem schooß gewonnen.

Celander

Auf ihre Brüste.

1. Englische Brüste
Nichts reichet mehr Lüste
Als ihr/
Den feurgen Rubinen/
Den weissen Jesminen,
Den wallenden Ballen
Den süssen Corallen
Kein Nectar und Honig/ noch Zucker geht für.

2. Milcherne Auen
Ihr lasset mir schauen
Die Frucht:
Darinnen verstecket
Was Anmuht erwecket.
Da man den Leim findet/
Der Seelen verbindet.
Und da man die Speise der Lieblichkeit sucht.

+

3. Auf eure Hügel
Trägt Venus Geflügel
Die Saat:
Daraus denn entspringet
Was Lustbarkeit bringet /
Was jedem beliebet /
Was Lieblichkeit giebet /
Und süsse Vergnügung im Überfluß hat.

Christian Hoffmann von Hoffmannswaldau*

An Lauretten

Laurette bleibstu ewig stein?
Soll forthin unverknüpffet seyn
Dein englisch-seyn und dein erbarmen?
Komm / komm und öffne deinen schooß
Und laß uns beyde nackt und bloß
Umgeben seyn mit geist und armen.

Laß mich auff deiner schwanen-brust
Die offt-versagte liebes-lust
Hier zwischen furcht und scham geniessen.
Und laß mich tausend tausendmahl /
Nach deiner güldnen haare zahl /
Die geister-reichen lippen küssen.

+

Laß mich den ausbund deiner pracht /
Der sammt und rosen nichtig macht /
Mit meiner schlechten haut bedecken;
Und wenn du deine lenden rührst /
Und deinen schooß gen himmel führst /
Sich zucker-süsse lust erwecken.

Und solte durch die heisse brunst /
Und deine hohe gegen-gunst
Mir auch die seele gleich entfliessen.
So ist dein zarter leib die bahr /
Die seele wird drey viertel jahr
Dein himmel-rundter bauch umschliessen.

Und wer alsdenn nach meiner zeit
Zu lieben dich wird seyn bereit /
Und hören wird / wie ich gestorben /
Wird sagen: Wer also verdirbt /
Und in dem zarten schoosse stirbt /
Hat einen sanfften tod erworben.

Johann Christian Günther

An seine erzürnte Schöne

Mein Vergnügen geht zu Grabe,
Meine süsse Hofnung stirbt:
+

Weil ich was verbrochen habe,
Das mir Fall und Tod erwirbt.
Schönster Engel! ach Louise!
Deine sonst beliebte Hand
Stöst mich aus dem Paradiese
In ein dürres Hunger-Land.

Ach Louise! deine Küsse,
Die mein Mund zuvor geschmeckt,
Waren wir [!] wie Manna süsse
Und mit Edens Thau bedeckt:
Ja zu diesem Frey-Gerichte
Ludest du mich selber ein,
Deiner Schönheit Rosen-Früchte
Solten mir ein Garthen seyn.

Dieser Garthen wird zur Wüsten
Und dein Auge mir zur Nacht:
Denn ein Griff nach deinen B – – [Brüsten]
Hat dich so erzürnt gemacht.
Solcher Aepffel Milch-Corallen
Heissen die verbothne Frucht,
Die ich auf den Marmor-Ballen
Mir zum Tode selbst gesucht.

Ach Louise! soll ich sterben?
Ist ein Griff des Todes werth?
+

Ach! so sieh, daß mein Verderben
Auch nicht deine Lust verzehrt.
Nach der ersten Eltern Falle
Fiel auch Edens Anmuth ein,
Deine Schönheit kan dem Balle
Der Verändrung ähnlich seyn.

Zwar du heissest mich zum Schertze
Nur des Todes Ebenbild:
Ach! so tödte doch mein Hertze,
Schönster Engel! wenn du wilt!
Laß mich nur die Gunst erwerben,
Gönne mir den guten Tag,
Daß ich noch bey meinem Sterben
Dein Getreuer heissen mag.

Sencke meine Schuld der Lüste
In dein tieff Erbarmen ein!
Las den Schnee gewölbter B – – [Brüste]
Meine Todten-Bahre seyn!
Deines Leibes runde E – – [Enge]
Zeige mir mein Grabmahl an,
Daß ich nach beliebter Länge
Wieder aufferstehen kan.

Johann
von Besser*

An Calisten

Ich kan mir nicht mehr widerstreben;
Die schönheit flößt mir das gelüsten ein.
Im Paradieß kan keiner leben /
Und ohne fall und fehl-tritt seyn.
Dein Edens-platz / mein kind Caliste /
Zieht meine hand
Auff deinen kreyß der rundten brüste /
Und meinen leib in dein gelobtes land.

Der lentz pflegt uns in herbst zu leiten;
Das jahr läst uns nach blumen früchte sehn:
laß mich doch auch nach deinen zeiten
In deinen anmuths-garten gehn.
Mein frühling ist ein kuß gewesen /
Laß aus der schooß
Mich endlich reiffe früchte lesen /
Wie in dem stand der unschuld nackt und bloß.

Du kanst den leib mir nicht verschliessen /
Von welchem du mir schon das hertz entdeckt.
Laß unsern geist zusammen fliessen /
Weil doch kein kuß ihm selber schmeckt.
Vergrabe mich in helffenbeine /
Voll fleisch und blut;
Denn werd ich gleich darinn zum steine /
So weiß ich doch / daß es mir sanffte thut.

+

Eröffne mir das thor zum lande/
Wo zucker rinnt/ und wollust tafel hält;
Laß meinen kahn am engen strande
In deine neu-erfundne welt.
Du darffst dich nicht/ Caliste/ schämen;
Das feigen-blat/
Das Eva für sich muste nehmen/
Zeigt und verdeckt nicht unsre lagerstatt.

Bestraffe mich mit keinem tadel/
Daß deinen schooß mein hertze lieb gewinnt;
Denn der magnet forscht mit der nadel/
Biß er den mittel-punct ergründt.
Ein schäfgen weidt in thal und auen/
Wo schatten ist;
Mein hertze will das deine schauen;
Drum such ich es/ da/ wo du offen bist.

Christian
Weise

Er ist fromm, aber wenn er schläfft

Als ich meiner Rosilis
Neulich an die Schürtze grieffe,
Sagte sie mir gar gewiß,
Ich wär fromm, doch wann ich schlieffe;
+

Sonsten wär ich in der Haut
Ein rechtschaffen böses Kraut.

Ja mein Liebgen fieng ich an,
Ich gesteh es, wenn ich wache,
Daß ich es nicht lassen kan:
Doch es ist so eine Sache,
Stelle deine Schönheit ein,
So will ich nicht lose seyn.

Uber dieses bin ich doch
In dem Schlafe fromm und stille,
Drum, mein Engel, ist es noch
Dein und mein beliebter Wille,
Suchst du die Gewogenheit
Bloß in meiner Frömmigkeit.

Ey so schlaff einmal bey mir:
Sonsten muß ich es gestehen,
Daß ich keinmal kan zu dir
Fromm und eingezogen gehen:
Soll ich fromm seyn, meine Zier,
Ey so schlaf einmal bey mir.

Johann
Christian
Günther

Als sie ins Kloster ziehen wollte.

Soll, kluge Schönheit! dein Vergnügen
Mit deiner Brust ins Kloster gehn?
Wie? soll der Garthen Brage liegen,
Auf welchem Zucker-Rosen stehn?
Was wilt du, da sich andre freuen,
Mit Fasten deinen Leib casteyen?

Ach, schönes Kind! die enge Zelle
Ist deiner Hoffnung weites Grab:
Hier wächst und ist die Quaal der Hölle;
Hier nimmt der Kern des Lebens ab,
Und in den langen Kirchen-Mauren
Muß auch Canari-Sect versauren.

Das Jungfern-Honig nährt die Galle,
Die Einsamkeit gebiehrt den Tod:
Die Jungfrau schwindet vor dem Falle,
Und leidet vor dem Leiden Noth.
Der Rosen-Kranz, der Freyheit Ende,
Beschwehrt der Nonnen Hertz und Hände.

Komm! laß dich in ein Kloster führen,
Wozu der Abt den Schlüssel trägt,
Und Amor über alle Thüren
Diß in erhabner Schrifft geprägt:
+

Zu unsrer lieben Frauen Orden
Ist dieser Ort gewidmet worden.

Den Altar geben deine B – – [Brüste]
Das Rauchwerck glüht in deiner Schoos:
Hier stillen wir des Fleisches Lüste
Und dämpffen sie auf einen St – – [Stoß]
Biß wir durch ein geschwächtes Küssen
Auch in das Complet treten müssen.

Hannß
Aßmann von
Abschatz*

Komm braune nacht/ umhülle mich mit schatten /
Und decke den mit deiner schwärtze zu/
Der ungestört sich will mit sonnen gatten
Und im bezirck der engel suchet ruh/
Ja hilff mein ach/ eh du noch wirst verschwinden/
Mit linder hand von meiner seele binden.

Wie/ hör' ich nicht/ willkommen mein verlangen!
Schon im gemach mit leiser stimme gehn?
Fühl' ich mich nicht mit lilien umfangen/
Und meinen fuß auff diesen grentzen stehn/
Wo mir Celinde wird aus thränen lachen/
Aus flammen eiß/ aus bette himmel machen.

+

So tilge nun / o heldin! meine schmertzen /
Wirff mit dem flor die leichte zagheit hin /
Laß meine hand mit deinem reichthum schertzen /
Und mich entzückt das schöne thal beziehn /
Da sich im thau die stummen lüste kühlen /
Und tag und nacht mit ihren farben spielen.

Dein heisser mund beseele mich mit küssen /
Hilff / wenn ich soll an deiner brust versehrn /
Durch linden biß der flüchtigen narcissen
Mir ausgestreckt die stille freude mehrn /
Und möchtest du ja deinen krantz verlieren /
Solln perlen doch die schönen haare zieren.

Mein wort erstirbt / die seele will entweichen /
Ach laß sie doch in enge himmel ein /
Laß schiff und mast in deinen hafen schleichen /
Und deine hand selbst meinen Leitstern seyn /
Du solt alsbald die eingeladne gaben /
Nebst voller fracht statt der belohnung haben.

Celander

An die Nacht.

1. Komm / schwartze Nacht / du stille Finsterniß /
Umhülle mich mit deinem braunen Schatten /
+

Du blasser Mond / zeig mir mein güldnes Vließ /
Laß ungestöhrt mich mit Sorellen gatten.
Ihr Sternen zündt die hellen Fackeln an /
Daß ich den Port der Wollust finden kan.

2. Mein Geist verlangt den Haven bald zu sehn /
Den Alabaster und Corallen zieren;
Die Enge / wo nur kan ein Schifflein gehn /
Soll ihn ins Land der süßten Lüste führen /
Der Pharos soll die weisse Brust ihm seyn /
So fähret er vergnügt zum Haven ein.

3. Wie / winckt mein Licht nicht albereits von fern /
Und rufft mir zu / im Seegeln fort zu eilen /
Ja! nun wohlan! ich folge diesem Stern /
Der Tag will auch nicht länger mehr verweilen /
Die Sonne sucht im Meere ihre Ruh
Und ich / ich eile nach Sorellen zu.

4. Ich fühle schon die Liljen weiche Hand /
Ich seh die Brust mit Wollust-Rosen spielen /
Und ferner fort das angenehme Land /
Das meine Brunst ist willig abzukühlen.
Das / was mein Schiff nun eingeladen hat /
Das bleibet dir Sorelle vor die That.

Celander

Als einer im Schlaff verschwenderisch gewesen.

Mein Mädgen laß hinfort mich nicht verschwendrisch
seyn/
Und nimm die Perlen-Milch in deine Muschel ein;
Groß Schade/ daß sie wird so liederlich versprützet/
Da wo sie keiner Schooß/ auch nicht den Tüchern
nützet.
Dein hart-seyn gegen mich verschwendet meinen
Schatz/
Vergönne mir hinfort in deinem Schoosse Platz/
Und laß den Liehes-Thau daselbsten sich ergiessen/
Wo er mit größrer Lust wird als im Schlaffe fliessen.
Dein dürrer Acker wird alsdenn von Wollust feist
Die Brüste härten sich/ die Lust entzückt den Geist;
Die Anmuth/ die durchdringt des gantzen
Leibes-Glieder/
In Lachen steigt man ein/ mit Kitzeln kommt man
wieder/
Nichts denn Ergötzung bringt er deiner
Marmor-Schooß/
Die Venus spannt dir denn/ den Jungfern-Gürtel loß/
Und läßt dir alle Lust/ die sie besitzet/ schmecken/
Der Hymen wird nach Schmertz den süßten Schertz
erwecken.
Ach stelle doch mein Kind die Sprödigkeit nur ein!

+

Laß deine Muschel mir nicht mehr verschlossen seyn /
Eröffne ihren Helm die Nahrung zu empfangen /
Wo in dem Liebes-Thau / die Anmuths-Perlen prangen.
Sperrt nun dein Muschel-Schloß die Thore willig auf /
Und hemmt kein Widrig-seyn mir meinen Liebes-Lauff /
So soll das Liebes-Safft mit süssen Quellen fliessen.
Und sich mit vollem Strohm in deine Muschel giessen.

Kaspar
von Stieler

Weil Hektor in dem Harnisch schwizzt
liegt Paris in den weichen Federn
und wird in Venus-Krieg erhizzt.
Ich lobe diesen Streit /
wo Lieb' und Freundligkeit
sich scherzend zwakken,
mehr / als wenn mir der Feind ist auf den Hakken.
Warum solt' ich um Reichtuhm kriegen /
da Lieb' und Lieb' im Bette nakkend liegen?

Le Pansiv

Jungfer-Gesänge, wie solche von Jahren zu Jahren von
denen gerne Männer-haben-wollenden Jungfern gesungen
werden. Nach eigenem Geständniss
+

einer 50-jährigen Jungfer.
[Mel. Cupido bleibe mir vom Leibe &c.]

Ein Mägdgen kaum von vierzehn Jahren
Ficht schon die Männer Sehnsucht an;
Drum wünscht sie täglich sich zu paaren,
Und singt: «Ach gebt mir einen Mann,
Der mir fein sanfft das Leibgen drücke,
Denn meine Jungferschafft ist pflücke!»

Sind sechzehn Jahre erst vergangen,
So brennt das Mägdgen lichterloh,
Und singt vor brennendem Verlangen:
(Ihr lieben Jungfern ists nicht so?)
«Will noch kein Mann mir Löschung gönnen?
Ach soll ich armes Ding verbrennen!»

Sind zwantzig Jahre ran gekommen
So seufftzt das Mägdgen Tag und Nacht,
Bis ihr die Jungferschafft benommen,
Die ihr die Nächte schlaflos macht.
Sie singt: «Ach komm ein Mann noch heute!
Sonst geh ich selber auf die Freyte.»

Kömmts dreyß'gste Jahr schon angetreten,
So fleht sie den Sanct Andräs an,
Den sie pflegt kniend anzubeten,
Und singt: «Ach gieb mir einen Mann,

+

Den ich im Bette kan umarmen;
Sanct Andräs, laß dichs doch erbarmen!»

Hat sie nun viertzig Jahr getragen
Das Centner-schwere Jungfer-Joch,
Wird sie die Manns-Noth doch noch plagen;
Warum? der Kützel sticht sie noch;
Drum singt sie: «Will kein Mann mich puntzeln?
Die Jungferschafft bekömmt schon Runtzeln.»

Sind aber funfftzig Jahr verflossen,
Wird die verschrumpffte Jungferschafft
Mit Thränen-Wasser nun begossen;
Doch singt sie noch aus Leibes-Krafft:
«Ach komm ein Mann! ach komm behende!
Wo nicht; so komm mein Lebensende.»

Le Pansiv

Auf die Gassaten-gehende Begerine und ihren possirlichen Galan, welcher allemahl, wenn er ein Nächtliches Rendesvous mit ihr halten will, unter ihrem Kammer-Fenster wie eine Ente qväcket.

Unter allem Frauen-Zimmer
In dem keuschen Elb-Athen
Wird des Nachts bey Sternen-Schimmer

\+

Keine nicht gassaten gehn,
Als die geile Begerine,
Die Studenten-Violine.

Wenn diß Nacht-Licht nun erscheinet,
Stellt sich bald die Licht-Putz ein,
Die das Licht zu putzen meynet,
Ob es gleich von Fleisch und Bein;
Und da hält die arme Nille,
Wie ein Lamm, gedultig stille.

Fügt sich nun ihr Liebes-Glücke;
Fragt sie nicht: Wer? Wie? und Wo?
Sie ist zwar vom Mittel-Stücke
Weit beschrien; doch ists nicht so.
Ihre Jungfernschafft ist enge,
In die Queer und in die Länge.

Possen! Ihre Liebes-Tasche
Ist mit nichten ausgedehnt;
Allenfalls hat sie die Flasche
Von Louisen schon gelehnt,
Deren Tropffen (helff mir lachen!)
Weite Jungfern enge machen.

Darum bleibet sie doch schöne,
Ob ihr gleich zum Zeit-Vertreib
Dann und wann die Musen-Söhne

+

Höckern auf den geilen Leib.
Sie lacht nur zu solchen Possen;
Weil die meisten fehl geschossen.

Tausendmahl hat sie probiret,
Wie der Liebes-Hempelmann
Mit den Jungfern courtisiret:
Daß sie mehr erzehlen kan
Von verliebten Nectar-Flüssen,
Als wol manche Weiber wissen.

Dennoch bleib ich ihr gewogen,
Weil ich ihren Liebes-Seim
Und sie meinen eingesogen,
Welcher, als wie Vogel-Leim,
Mein Hertz an ihr Hertze klebet,
Das ihr gantz zu eigen lebet.

Nimmermehr kan unser Kater
Seiner Kietze günstger seyn;
Und ich glaube: Mein Herr Vater
Kan nicht so ein Gläßgen Wein,
Kein alt Weib die welcke Rüben,
Als ich Begerinen, lieben.

Denck ich ihrer Liebes-Chosen,
Hüpfft mir der Hopheisasa
In den ertz-verliebten Hosen,

+

Die ich von der Groß-Mama
Ihrem rothen Scharlach-Rocke
Machen ließ beym Ziegen-Bocke.

Ach du Fix-Stern meiner Seele,
Laß mich durch den Tubum doch
Sehn in deine Liebes-Höle,
In das Zucker-süsse Loch,
Wo schon, bey so jungen Jahren,
Mancher aus- und eingefahren.

Wenn du wüstest, wie mich brennte
Deiner Augen heisser Strahl?
Liessest du die arme Ente,
Die so quäcket, gern einmahl
Zu dir in dein Bette steigen,
Und dich von Sanct Stephan geigen.

Nun ich stehe vor der Thüre;
Laß mich Lumpen-Bettler ein!
Denn es warten ihrer viere,
Neben mir, in heisser Pein.
Wirst du uns nicht Kühlung gönnen,
Müssen wir vor Glut verbrennen.

Sprich ein Wörtgen der Genaden!
Oeffne aus Barmhertzigkeit
Den verschloßnen Fenster-Laden

+

Höre, wie die Ente schreyt.
Laß mich in dein Zimmer steigen!
Ich will auch dein Leib-Stück geigen

Celander

Man will die mannsüchtige Talestris im Bette sehen.

Neugierig bin ich nicht / doch dieses möchte ich
Von Hertzen gerne sehn wie die Talestris sich
In ihrem Bette stellt / wenn ihr die Lüste kommen /
Und ein verborgen Feur das Hertze eingenommen;
Ich glaube / ihr Gesicht wird dann wie Rosen blühn
Die Lippen werden sich mit Scharlach überziehn.
Der zarte Busen wird steiff in die Höhe schwellen /
Und so ein Schwaanen-Bett der süssen Lust vorstellen.
Die angenehme Schooß wird denn voll Feur seyn
Indem daselbsten zieht Cupido aus und ein.
Die Flammen werden da als wie ein Hecla brennen /
Daran ein lüstern Sinn sich wird erwärmen können.
In diesen Stande wolt' ich wohl Talestris sehn /
Ich wett' sie ist alsdann noch tausend mahl so schön /
Als wie sie sonsten ist / wenn sich die Lilje leget
Um ihre schöne Wang' und silber Früchte träget.
Doch wozu dient der Wunsch? da es doch nicht
geschicht /

+

Talestris sehe ich in ihren Bette nicht /
Wer in den schönen Port sein Liebes-Schiff will lencken /
Der muß zum Ancker-Gold viel Louys d'Oren schencken.

Neukirchsche Sammlung
C.S.L.
[Ungelöste Initialen]

Schwangrer Jungfern Trost-Gedancken.

Laß / grosse Venus / dir ja nicht zu wider seyn /
Daß wir für dein altar mit schwerem fusse treten!
Wirff einen strahl auff uns von deiner gottheit schein /
Die wir in demuth itzt dich kommen anzubeten:
Nimm unsern ehren-krantz zu einem opffer an /
Laß dieses trauer-pfand an deinen wänden hangen /
Und so es ewig nicht erhalten werden kan /
So laß die asche nur in deinem tempel prangen
Es rühme Pallas sich mit ihrer jungferschafft /
So mag auch Vesta sich für allen männern wehren /
Diana fühle nicht der starcken liebe krafft;
Wir wollen insgesammt zu deiner fahne schwehren.
Wir bieten jenen auch mit ihrem wesen trutz /
Und wollen uns die zunfft der schwangern jungfern
nennen.
Nimst du uns willig auff in deinen schirm und schutz /
So sucht das volck umsonst uns flecken anzubrennen.
+

Wir schätzen den verlust der jungferschafft nicht groß/
Und fühlen immer noch das angenehme jucken/
Als der beperlte thau in unsre muschel floß/
Und sie sich öffnete denselben einzuschlucken.
Es war/ als hätte sich uns Jupiter gezeigt/
Und wolte wiederum mit menschen liebe pflegen;
Als hätte sich zu uns der himmel selbst geneigt/
Und wolte sich hinfort auff unserm schooß bewegen.
Die lenden huben sich/ da uns die lust empfing/
Als wenn der gantze leib gen himmel fliegen wolte/
So daß die seele fast uns mit zugleich entgieng/
Indem die jungfernschafft den abschied nehmen solte.
Cupido hatte schon ein labsal zubereit/
Die geister wiederum vom schlaffe zu erwecken:
Er kam uns höchst-erwünscht zu eben rechter zeit/
Und ließ uns Ambrosin aus rothen schaalen lecken.
Drum achten wir nicht sehr der spötter grosse zahl
Und lassen andere für jungfern gerne lauffen/
Ja wolten ungerühmt/ wo möglich /tausendmahl /
Um einen schnöden krantz dergleichen wollust kauffen.
Wir fragen alle welt/ was ist der jungfer-stand?
Was ist die jungferschafft? Ein buch/ so nicht zu lesen/
Ein schüler freyer kunst/ ein bloßer wörter-tand/
Ein kind der phantasie/ ein wesen ohne wesen.
Nur das gehirne hegt und mehret diese zucht/
Ihr gantzes wesen stützt der pfeiler der gedancken/

Warum? ist unbekandt. Gewiß daß ohne frucht
Man der natur hierdurch will schmälern ihre schranken.
Doch wird durch diesen wahn ein grosser theil bethört /
Und abgeschreckt von dem / was die natur wohl gönnte /
Es würde gar um viel der menschen zahl vermehrt /
Wenn jede sonder schimpff nur mutter heissen könte.
Es ist die jungferschafft / wer sie zu etwas macht /
Ein unvollkommner stand / gleich ungeförmter erden /
Der zur vollkommenheit nicht eher wird gebracht /
Als biß wir mit der zeit aus jungfern frauen werden.
Soll unser schloß gesperrt und stets geschlossen seyn;
Warum heist die natur uns nach dem schlüssel fragen?
Soll sich in unser hertz der rost nicht fressen ein /
So muß auch selbiges von keiner fäule sagen!
Der allgemeine trieb / der uns entbrennen heist /
Und nach dem männer-volck zu schauen uns verleitet /
Der ist auch / der das öl in unsre lampen geust /
Und das geschmierte tacht ohn unsern fleiß bereitet.
Es ist ein jungfer-leib ein ungepflügtes land /
Drum kan es keine frucht in diesem stande bringen.
Erst streut man saamen aus / denn wird die saat erkannt /
Und noch zuvor versucht der pflug / das land zu zwingen.
Wer über unser thun den urthel-stab zerbricht /
Der kan auch nicht zugleich das kloster-leben schelten /
Und wer den männer-stand verdammt und übel spricht /
Bey dem wird unser thun ohn zweiffel müssen gelten.

+

Doch wird uns diß vielleicht nur übel ausgelegt/
Daß wir den priester nicht/ wie bräuchlich/ ruffen
lassen/
Daß wir kein gastgebot und keinen tantz gehegt/
Daß andre leute nicht von unsern gütern prassen.
Wer aber hat den brauch zum ersten eingeführt/
Daß man den priester reich/ die gäste frölich machet/
Nein/ nein/ es wird die zeit itzt nicht darnach
verspürt/
Und wer nicht sparen kan/ der darbt und wird verlachet.
Daß wir uns aber nicht was besser fürgesehn/
Wird unter allen uns am meisten vorgerücket.
Was hilffts/ man rede nur zum besten/ weils geschehn/
Der vogel ist entwischt/ die rosen sind gepflücket.
Wir haben sonderlich uns diesen trost erwehlt/
Daß keine darff noch mag von uns die erste heissen.
Wer hat die grosse zahl derjenigen gezehlt/
Die längst den krantz verschertzt/ und doch als jungfern
gleissen.
Was kaum der teuffel kann/ das weiß ein altes weib/
Den grund-riß der natur durch säffte zu verderben/
Sie ordnet bäder an für den geschwollnen leib/
Und heisset die geburt vor ihrer bildung sterben.
Wär arge list und kunst nicht in der welt bekandt/
So liessen sich viel mehr in unsre rolle schreiben;
Und thäte nichts dabey des apotheckers hand/

+

Wo würden in der welt die jungfern endlich bleiben?
Die aber doch zur zeit als reine jungfern gehen /
Die haube doch verdient / die geben sich zu frieden /
Sie sollen oben an in unsrer rolle stehn /
Wo nicht ein altes Weib ein anders weiß zu schmieden.
Des Pöfels urthel sey an seinen ort gestellt /
Wir dürffen gantz und gar uns nicht des urthels schämen.
Das mögen diese thun / die für den beyschlaff geld /
Die zinse für die haut / und schändlich wucher nehmen.
Wir haben anders nicht / als ehrlich / nur geliebt /
Vielweniger den leib um schnöden sold verdungen;
Wer uns vor huren schilt / und böse titel giebt /
Dem sey der teuffel schaar auf seinen kopff gesungen.
Indessen kommen wir bald in die wochen ein /
Es mag uns / wer da will / das spiel vor übel halten;
Wir wollen tausendmahl viel lieber ammen seyn /
Als bei der jungfernschafft verschrumpeln und veralten.

Aus
Deliciae
Poeticae

Auff ihre Brüste.

Ihr Brüste kan was seyn das schöner ist als ihr?
Ja weiß wol jemand was das euch nur zuvergleichen,
Euch muß der feinste Klee mit allen Liljen weichen,
Der Schnee kömt mir bey euch wie Tint und Kohlen für,

+

Was ist vor ein Rubin denn in der Mitten hier?
Was red ich? kan der wol an diese Farbe reichen,
Er muß, wenn er es sieht vor Scham und Gram
verbleichen,
Ist was so rund, so steiff, so nidlich, zeigt es mir!
Ihr werdet nur allein was gantz vollkommnes bleiben
Jemehr ich sinnen wil, iemehr fehlt mir die Krafft,
Gebt meinen Sinnen Licht gebt meiner Seele Saft,
So wil ich nur von euch und eurer Schönheit schreiben.
Ich sah, ich küßte euch mein Geist verlohr sich gar,
Ihr seyd des Leibes Geist und dessen sein Altar.

Aus
Deliciae
Poeticae

Auff ihre S – – – –

Du schönes Lust-Revier wo weder Frost noch Eiß
Du Brunnen, der du nie gefrierest noch versiegest,
Du Thal, das allezeit an schönen Schatten liegest,
Voll Anmuth voller Lust ist stets dein bunter Creiß.
Wie steht der schwartze Pusch so allerliebst auf weiß
Dein Sitz ist aufgeschwelt mit dem du alles biegest
Dein Mittel eng geschlitzt mit dem du mich bekriegest,
Bey tausend Seltenen behälstu doch den Preiß.
Du bist die zarte S – – – der schönen Lesbien,
Mich hat ein freyer Griff gefangen und gebunden,

+

Der Schlitz den ich berührt macht meinen Hertzen
Wunden.
Mein Sinn kennt sich nicht mehr und fragt sich: bin ichs
denn?
Ach soll ich meine Ruh erst nach dem Tode haben?
Lebendig wil ich mich an diesen Ort begraben.

Aus
Deliciae
Poeticae

Bey Gelegenheit eines Gewächshauses

1. Liebster Engel,
Laß die Mängel
Unberührt.
Denn das deine
Hat das meine
So geführt.
Wenn man lange
Im Gesange
Sachte pfeifft,
Macht mans endlich
So verständlich
Daß mans greifft.

2. Wir verrichten,
Was bei Früchten

+

Nöthig ist:
Die Gewölber,
Wie du selber
Eines bist,
Nehmen gerne
Frucht und Kerne
In sich ein,
Soll der Sturzel
Meiner Wurtzel
Giftig seyn?

3. Ich probire,
Und die Thüre
Springt mir auff.
Ach wir stopffen
Ach wir pfropffen
Ziemlich drauff!
Engel, sage,
Wird der Klage
Noch gedacht
Wenn mein Stängel
Lauter Engel
Aus dir macht?

4. Gieb die Küsse
Die so süsse
Wie du bist,
+

Biß das meiste
Von dem Geiste
In dich fliest.
Macht die Regung
Und Bewegung
Etwas matt
O wir haben
Dieses Graben
Niemals satt.

Johann
Christian
Günther

Die Pest ergrif den Leib der schönen Flavia,
Der Mund warf Jäscht und Schaum, die Brust
geschwollne Beulen,
Die Augen wurden welck, und niemand war mehr da,
Und niemand konte sie mit Kraut und Pflaster heilen.

Ihr treuer Thyrsis kam und warf den treuen Arm
Der Schönen um den Hals, den Stanck und Eiter füllte;
Die Liebe macht' ihm mehr als Angst und Fieber warm,
Daher er in der Schoos die starcke Sehnsucht stillte.

Seht, welch ein Wunderwerck! Die Krancke wird
entzückt
Und durch den Perlenthau mit neuer Kraft begoßen;
+

Sie hebt den schwachen Leib und lacht und hüpft und
drückt,
So daß es, wie man sagt, auch selbst den Tod verdroßen.

Und kurz, sie ward gesund. Was thut die Liebe nicht!
Ihr Ärzte, prahlt nicht mehr mit eurem Doctortittel;
Die Kunst, so Thyrsis kan, ist beßer eingericht.
Ihr Mägdgens, lernt und braucht dergleichen
Lebensmittel!

Celander

Arismene verweiset ihm seine Dreistigkeit.

Nicht zu dreiste mein Lysander!
Küßt die Brüste/ so euch frey/
Bleibt bey diesen/ laßt das Ander/
Dencket/ daß es heilig sey.
Laßt die geilen Griffe bleiben /
Krönet lieber meine Brust/
Und last eure Finger treiben
In dem Marmor-Meer der Lust.
Kühlet eure heisse Finger
In des Busens zarten Schnee/
Er wird dadurch nicht geringer
Sondern quillet in die Höh.
+

Spielet in den zarten Wellen /
Kühlt euch in dem Perlen Thau /
Küßt der Wollust Lager-Stellen
Auf der Brüste Rosen-Au.
Schaut Corallen auf Junkiljen
Und den Türcks in Milch gesetzt;
Schmeckt die Anmuth / so die Liljen
Meiner Brüste angenetzt.
Schützt den Eingang dieses Landes /
Wo Rubin auf Perlen glüht /
Ehrt die Gegend dieses Strandes /
So den Geist mit Lust versieht.
Wadet in dem Marmor-Meere /
Dessen Wellen milchern sind /
Was ich allen hier verwehre /
Wird euch nur allein gegünnt.
Füget euren Mund und Lippen
Diesen Himmels-Früchten bey /
Suchet von den Perlen-Klippen
Etwas / so euch Zucker sey.
Sauget als die zarten Bienen
Honig aus dem Tausend-Schön
Jener blühenden Jesminen /
Die auf meinen Hügeln stehn.
Krönet / küsset diese Ballen /
So die Anmuth Töchter nennt /
+

Laßt euch ihre Pracht gefallen /
Davon sich die Lust nie trennt.
Wartet diese Lust-Granaten /
Lacht die Edens-Aepffel an /
Wie ihr Schmuck so wohl gerathen /
Daß er Todten helfen kan.
Bleibt von dem verbohtnen Lande /
In dasselbe kommt ihr nicht /
Wohnet bey dem schönsten Strande
Da euch keine Lust gebricht.
Selbst die Anmuth will euch weiden /
Sie giebt alle Schätze frey /
Warum wolt ihr Mangel leiden
In der öden Wüsteney?
Bleibet in dem vollen Garten /
Da die Töpff mit Fleisch gefüllt
Was! wolt ihr auf Paran warten
Wo der Thau den Hunger stillt?
Bleibet bey den vollen Brüsten /
Und verlaßt die leere Schoß;
Wer vertauscht um eine Wüsten
Wol ein schön geputztes Schloß?
Frost und Hitze könnt ihr finden /
In der Brüste Paradieß /
Flammen löschen und entzünden
Kan des Busens Silbern Vließ.
+

Seht wie Feur aus Eyse quillet
Heisser denn es AEthna hegt/
Doch der Brandt wird bald gestillet /
Daß sich seine Hitze legt.
Hecla heget Feur und Flammen/
Frost und Hitze reicht er dar/
Diese stehen auch beysammen
Auf der Brüste Brand-Altar.
Bald sind sie in Eyß geweltzet
Und dem Schnee in Ballen gleich/
Wenn die Hitze sie nun schmeltzet/
Sind sie am Vergnügen reich.
Und bey diesen Wechselungen
Bleibet doch die Anmuth hier/
Ja die Lust ist ungezwungen
In dem weissen Brust-Revier.
Drum so krönet diese Ballen
Wo sich Lust und Anmuth regt/
Und verlaßt des Schoosses Hallen/
Die nur todtes Tauren hegt.
Schaut die Zwilling meiner Brüste/
So wie glatte Rehe stehn/
Sagt/ daß sich eur Sehnen rüste
Dieses Wild im Netz zu sehn.
Meine Brüste sind wie Trauben/
Die noch nicht zerquetschet sind/
+

Davon könnt ihr Julep rauben /
Welchen man voll Anmuth findt.
Ihre Säffter sind viel besser
Als der angenehmste Wein /
Da ist das Verlangen grösser
Als es nach dem Wein kan seyn.
Schaut sie hier in Rosen weiden /
Da sie keine Sonne sticht /
Aus den Schatten reichen Heiden
Weicht die kühle Anmuth nicht.
Was den Zephyr übersteiget /
Und Ambrirte Winde bläßt /
Hier ein holdes Schicksahl zeiget /
So euch nichts ermangeln läßt.
Nehmet an mein süßtes Leben
Dieses zarte Lust-Gefild'/
Euch will ich die Brüste geben
Der Dionen Eben-Bild.
Schaut die Helffenbeinern Thürme
Als des Himmels Brust-Bild an /
Laßt / daß nicht mein Eyfer stürme /
Was die lose Hand gethan.
Hier steht euch mein Hold-seyn offen
So weit als die Brüste gehn;
Doch die Schooß läßt euch nichts hoffen /
Ja nicht einst das blosse Sehn.
+

Brechet von den Brüsten Früchte /
Hüllt die Hand in Sammet ein /
Eßt des Busens-Schau-Gerichte
Es soll euch vergönnet seyn.
Nur die Schooß / und ihren Haynen
Last Lysander unberührt /
Sonsten ihr ein Zorn-erscheinen
Uber eure Schädel führt.
Seht wie Amors Winde pfeiffen
Um der Brüste Wollust-Baum /
Schaut wie seine Aepffel reiffen /
Drum verlacht den Sodoms-Schaum.
So das todte Meer euch zeiget /
Und zum Unglücks-Koder braucht /
Dessen Lust zum Sterben neiget /
Und wie leichter Rauch verraucht.
Aber bey der Brüste Liljen
Findet ihr beliebte Lust /
Die kein Wetter kan vertilgen
Aus dem Garten meiner Brust.
Bey den Liljen / und Jesminen
Bey Granaten / und der Nelck' /
Jdumeens Rosen grünen /
Diese macht kein Unfall welck.
Daselbst ist die Zucker-Quelle /
Die mit Milch und Honig rinnt /
+

Und die Ambra reiche Stelle
Da man Lebens Stärckung findt.
Balsam / Musch und Specereyen
Wird auf diesem Bett gehegt /
Alle Tage sich von neuen
Da erneute Wollust regt.
Drum mein wehrter Schatz Lysander
Küßt die Brüste / so euch frey /
Dabey bleibet / last das Ander /
Denckt / daß es verboten sey.

A. B.
im Schlesischen
Helikon

An Rosetten

Ach komm du Zucker-süsse Stunde
Was säumest du? Ach komm heran /
Daß ich aus der Rosetten Munde /
Der Liebe Julep saugen kann /
Da ich von hochster Anmuth voll /
Vor ihrem Glantz als Wachs zerschmeltzen soll.

Tritt her / du Himmels-Bild / Rosette /
Die Finnsterniß dringt schon herein /
Drum wirst du mir in meinem Bette /
Mein Angelstern und Sonne seyn /
+

Was acht ich denn der duncklen Nacht
Wenn nur mein Licht und Sonne bey mir wacht.

Erquick mich nun mit Ambra Küssen /
Füg deine Brust zu meiner Brust /
Laß alle Glieder heut zerflüssen /
Von dieser Honig gleichen Lust /
Und laß den Lilgen-weissen Leib /
Seyn heute nichts / als meinen Zeitvertreib.

Fall ich? Es fielen selbst die Engel /
Wer taumelt nicht von Venus Trunck /
Ich bin ein Mensch: Drum hab ich Mängel /
Und fühle süsse Kützelung.
Doch fall ich / alsdenn fall ich bloß
In deinen Arm / mein Kind / und zarten Schoß

Aus
Deliciae Poeticae

An eine gehaubte Braut.

1. EY du angenehmes Weibgen,
Setze nur das nette Häubgen
Auff dein noch weit nettes Haar,
Unter tausend süssen Küssen
Wirst du nun mit Lust geniessen,
Was dir gestern fremde war.

+

2. Gelt das Manns-Volck weiß die Sachen
So vergnügt, so gut zu machen,
Man kriegt kaum des Dinges satt,
Freylich nach dem Schlaffen gehen
Lernt ein Mädgen erst verstehen
Was ihr noch gemangelt hat.

3. Gut, du hast den Stein im Brete
Und das neue Kopff-Geräthe
Steht dir aus der Massen gut!
Die Natur giebt das Gesetze
Und wir fliegen in das Netze
Weil es uns zu sanffte thut.

4. Kehre dich nur an kein Lachen,
Fragt man tausend dumme Sachen
Von der überstandnen Nacht:
Ach sie suchen durch viel Fragen
Dir die Röthe rauß zu jagen,
Die dich doch viel schöner macht.

5. Ja da treibt man Possen drüber
Und man hat es selbst viel lieber
Als man äußerlich entdeckt,
glaube die das meiste schertzen,
Wünschen sich von gantzen Hertzen
Was dir gestern gut geschmeckt.

+

6. Deine Klugheit reicht den Braten
Und wahrhafftig zum Verrathen
Ist kein Rath, sie kommen blind
Ja sie werden hören müssen:
Wer so heimlich Ding will wissen
Ist ein neu begierig Kind.

7. Die vergnügten Liebes-Schliche
Bleiben wie die Götter-Sprüche,
Unaufflößlich und geheim;
Austern aus den Liebes Seen
Schmecken öffentlich nach Schleen
Heimlich sind sie Honig-Seim.

8. Wenn die Bräute doch gestünden
Was sie bey dem Liebsten finden,
Was er macht und wie es hält,
Wenn sie doch haar klein beschrieben,
Wie das Züngligen im Lieben,
Auff die rechte Schaale fält!

9. Finge man nicht junge Füchse!
Ach nein nein, die Liebes-Büchse
Schüttet stilles Pulver auff.
Liessen sich auch viel gelüsten
Zu verrathen was sie wüsten:
Gieb nur ein Gelächter drauff.

+

10. Rede wenn die Zeit wird kommen,
Wird dir gestern was genommen
Gläube nur: es schadt dir nicht.
Wer die Perle nur kan finden,
Wird den Schaden leicht verwinden
Wenn die Muschel gleich zerbricht.

11. Warte deinen Liebes-Garten
Daß sich bey den Schlitten-Farthen
Was von guter hoffnung weist.
Ach du kennest liebe Hertzen,
Die verlangen recht mit Schmertzen,
Biß die Lust ins gantze reist.

12. Ja du angenehmes Weibgen,
Trage nur das nette Häubgen
Lange Zeit mit Lust und Ruh;
Ach wir werden bald erleben,
Daß die Blüthen Früchte geben,
Die so niedlich sind, wie du.

Benjamin
Neukirch*

Auff die Perlitz-Mühlendorffische Hochzeit.

Das grüne feigenblat / das Adam vor sich nahm /
War kaum mit schlechter kunst um seinen leib gewunden /

+

Als Eva schon bey sich in die gedancken kam:
Ey/ warum haben wir uns beyde doch verbunden?
Ist Adam so wie ich an gliedern auch bestellt/
So dürffen wir uns ja nicht vor einander schämen?
Und führt er sonsten was/ das etwan mir gefällt/
Warum will die natur mir mein geschencke nehmen?
Sie hätte noch vielmehr der sachen nachgedacht/
Was aber ließ sie doch die kurtze zeit umfassen?
Weil gleich den augenblick das urtheil ward gebracht:
Sie solten beyderseits das paradieß verlassen.
Nach diesem schlug das feur zwar frische flammen an/
Sie fand sich aber noch zu zeiten sehr betrogen;
Denn Adam war nunmehr mit peltzen angethan/
Und hatte leib und haut mit fellen überzogen.
Wer war wohl ärmer nun als Eva dazumahl?
Sie mischte speiß und tranck mit kummer-reichen
thränen;
Ihr hertze war voll angst/ die seele voller qual/
Und muste sich umsonst nach ihrer kühlung sehnen.
Doch weil sie mittler zeit noch solche grillen fieng/
Und der gedancken schiff ließ hin und wieder fliegen/
Geschah es ungefähr/ daß sie zu felde gieng/
Und ihren Adam fand im grünen grase liegen.
Sein leib war mehrenteils von kleidern unbedeckt/
Die glieder streckten sich/ wie silberne Colossen/
Nur diß/ was die natur zum zunder ausgesteckt/

+

War noch zu mehrer lust in rauches fell verschlossen.
Wie/ wenn nach trüber nacht der schwartze schatten
weicht/
Wenn himmel/ wolck und lufft in reinem golde strahlen/
Alsdenn der kühle thau die felder überstreicht/
Und sich die tulipen mit frischem purpur mahlen.
So zog der Even hertz den freuden-balsam an;
Die adern stürtzten sich in geister-volle flammen/
Und was ihr ehermahls das gröste leid gethan/
Schlug itzt in einen dampff der grösten lust zusammen.
Sie fiel vor süsser qual in den begrünten klee/
Die füsse suncken ihr bey ihrem Adam nieder/
Und endlich drückte sie des leibes zarten schnee/
Und ihre schwanen-brust an seine marmel-glieder.
Der stirne taffel-werck/ des halses helffenbein/
Der lichte carmasin der rothen mund-corallen/
Die alle dauchten ihr nur leerer schaum zu seyn/
Auff die ein heisser mund läßt seine küsse fallen.
Sie forschte weiter nach/ und blößte seinen schooß/
Ihr finger rührte sich um seine weiche lenden;
Da war sie völlig nun der alten sorgen loß/
Und schaute den betrug in ihren liljen-händen.
Ja/ sprach sie/ voller scham/ das hab ich wohl gedacht/
Daß Adam nicht umsonst die blätter vorgenommen;
Wer aber hat ihm nur den plunder angemacht/
Und wo ist Adam doch zu diesem schaden kommen?

+

Doch / was bedenck ich mich? die brust ist ja zu klein;
Vielleicht hat die natur mir meinen mann betrogen /
Und hat / was sonsten soll am busen oben seyn /
Durch ihre wunder-kunst biß unten hin gezogen.
Ich weiß nicht / ob sie gar zu laute worte sprach:
Denn Adam fieng nun an vom schlaffe zu erwachen:
Doch als er endlich sah / was Even noch gebrach /
Da must er bey sich selbst der blinden einfalt lachen.
Er schloß ihr zartes haupt mit seinen armen ein /
Und netzte mund und hand mit hundert tausend küssen /
Biß daß die stille krafft der unbekandten pein /
Ihm ließ das sanffte gifft durch seine nieren fliessen.
Da schärfft er allererst der Even den verstand /
Sie laß aus seiner hand die süssen zucker-beeren /
Und beyde wünschten nun / daß diß versüßte band /
Und diese stunden doch nur möchten ewig währen.
Hierauff zerfloß ihr geist durch die zerstreute welt /
Der starcke dampff ergriff den gantzen kreyß der erden /
Und selbst im himmel ward der feste schluß gefällt:
Es solten künfftig nun aus jungfern frauen werden.
Was wunder ist es denn / daß euch / geehrtes paar /
Das anmuths-volle garn der liebes-lust umschlossen?
Weil diese süsse noth unüberwindlich war /
Und euer gefängniß selbst aus Adams schooß geflossen.
Was fleisch ist / sauget auch vom fleische seine krafft /
Und wer ist der mir will mit worten widerstreben?

\+

Daß nicht / weil Eva sich am apffel hat vergafft /
Die engel oben nur / und unten menschen leben?
Ihr thut / was die natur auff erden eingesetzt /
Was selbst der himmel hat in eure brust geschrieben;
Was auch das Alterthum vor reine lust geschätzt /
Und fast vor aller welt ist unverworffen blieben.
Drum kan der himmel euch auch nicht zuwider seyn.
Das glücke wird euch stets in vollen ampeln brennen /
Und dieser zeiten gifft wird durch der sorgen pein /
So wenig eure lust / als die gemüther trennen;
Wo euer fuß hintritt / da werden rosen stehn /
Doch solt ihr beyde nicht die scharffe dornen fühlen;
Sie soll als eine braut in balsam ströhmen gehn /
Und er soll lebens-lang mit jungfer-äpffeln spielen.
Wo hätt' ihr besser wohl eur leben angebracht?
Wie solt eur freuden-baum wohl andre früchte tragen /
Als itzt / da eure lust in voller blüte lacht /
Und eure liebe muß in tausend knospen schlagen?
Seyd eurem glücke nur nicht selber hinderlich /
Und lasst den perlen-thau nicht in der lufft zerfliegen /
Denn freut euch beyderseits / wenn um Jacobi sich
Ein junger Perlitz wird in seiner muschel wiegen.

Johann Christian Günther

An seine Schöne

So wenig eine junge Rebe
Des Ulmbaums Hülffe missen kan,
So wenig ficht der Neid mich an,
Daß meine Brust dir Abschied gebe:
Mein treues Herz ist ein Magnet,
Der nur nach einem Pole steht,
Dein Nord-Stern leitet meine Liebe,
Ich leb' und sterbe dir getreu,
Wenn gleich der Schickung Tyranney
Mich heute noch ins Elend triebe.

Eröffne mir das Feld der B – – [Brüste]
Entschleuß die Wollust-schwangre Schooß,
Gieb mir die schönen Lenden bloß,
Bis sich des Monden Neid entrüste!
Die Nacht ist unsrer Lust bequem,
Die Sternen schimmern angenehm
Und buhlen uns nur zum Exempel,
Drum gieb mir der Verliebten Kost,
Ich schencke dir der Wollust Most
Zum Opfer in der Keuschheit Tempel.

Die Zeit kommt nimmermehr zurücke,
Wenn sie schon einmahl sich verkreucht,
Und die Gelegenheit entweicht
+

In einem kurtzen Augenblicke;
Wer weiß, wer dich in einer Frist
Von vier und zwanzig Wochen küsst?
Wie bald kan mich ein Stahl entleiben,
Denn wird dein angenehmer Mund,
Der meiner Sehnsucht offen stund,
Mit andren sich die Zeit vertreiben.

Jedoch soll mich der Tod entreissen,
Du aber meine Leiche sehn,
So soll mir doch der Wuntsch geschehn,
Dir in der Grufft getreu zu heissen;
Mein Blut soll dir beständig seyn
Und meines Cörpers Leichen-Stein
Wird diese Grab-Schrift nie verliehren:
Hier schläfft mein Kind! dein Ander Ich,
Dem wenig, glaub' es sicherlich,
Den Preiß der Redlichkeit entführen.

Celander

Das süsse Sterben der Verliebten.

Stirb nur/ Amando stirb/ die Lust steht dir zur Seiten/
Die schöne Marmor-Brust will dir das Grab bereiten:
O wunderschöner Tod! glücksehlig wer so stirbt/
+

Und in der hohlen Schooß ein süsses Grab erwirbt.
Man stirbt indem man lebt / man geht in Wollust unter /
Und wird nach solchen Tod zu neuen Freuden munter.
Besteige nur das Grab / erfüll die schöne Grufft /
Denn der ist recht vergnügt / der so in Grabe dufft.

Hocherotik

Nun schlüpf' ich
mit beherzten Händen
Empor zu deinen
weichen Lenden

Anonym
[= Johann
Georg Scheffner]

Hurtig komm in meinen Arm,
Schlüpf sie ab, die Nachtgewänder,
Schleif sie auf die seid'nen Bänder,
Komm und werd' in meinem Arm
Wie die Sommerlüfte warm,
Und laß uns ganz in Zärtlichkeit zerfließen.

Ich bin dein Lenz, ich bin dein Mai,
Du mein Gefild' und meine Wunderblume,
In Deinem Götterheiligthume,
Auf Deinen Marmorhöh'n steht jede Tändelei
Und jede Art des zärtlichsten Genusses
Mir heut', am *Fest des ersten Kusses,*
Unwidersprechlich frei.

Hurtig komm in meinen Arm,
Schlüpf sie ab, die Nachtgewänder,
Schleif sie auf die seid'nen Bänder,
Komm und werd' in meinem Arm
Wie die Sommerlüfte warm,
Und laß uns ganz in Zärtlichkeit zerfließen.

Nuditäten
Anonym

An meine Gegner.

Berauscht euch nur an Schwärmereien,
verläugnet Menschheit und Natur,
Mein Freund ist Aristipp, mein Liebling Epicur,
ich will mich ihrer Weisheit weih'n,
ich bete nur Cytherens Altar an,
und ehre sie durch Opfer und durch Thaten,
ich lass' euch gern, warum ich Xenokraten
und Bettler nicht beneiden kann,
die Trägheit stumpfer Alltagssinne,
mein ist der Wein, mein ist die Minne,
schlürft Wasser ihr, so viel ihr könnt,
ihr seid in eurem Element,
ich will in meinem bleiben,
und wann ihr kalt und wäßrig schreibt,
will ich berauscht mit Feuer schreiben,
bis Charon uns an gleiche Ufer treibt.
Ich schmäh' euch nicht, und will euch glauben,
daß euch kein Saft gepreßter Trauben,
daß euch kein Mädchenkuß entzückt,
und daß ihr lieber noch in Folianten wühlet,
als mit verliebten Nymphen spielet,
und lieber in ein Buch voll Logarithmen blickt,
als nach der Grazien Busen schielet,
doch seid auch wiederum gerecht,
+

und tadelt nicht, wenn ich weit lieber küsse,
als griechisch les' und lieber Wein genieße,
als Wasser, das die Nerven schwächt,
wir werden dann uns immer gut vertragen,
ich lass' euch die Philosophei,
den kalten Blick, den leeren Magen
und der Spartaner schwarzen Brei,
die Eicheln und die Wasserquelle,
und ihr räumt mir an deren Stelle
die hübschen Mädchen und den Wein
und all' des Lebens Freuden ein.

Johann Georg Scheffner

Ermunterung zum Vergnügen

Mädchen deiner Purpurschnecke,
Wenn ich ihr Gefühl erwecke,
Ströhmen tausend Reitze zu,
Und der Morgenglanz Aurorens,
Und die Rosenlippen Florens
Sind dann nicht so schön wie Du.

Als ich in der Geisblatslaube
Deines Weinstocks schönste Traube,
Naß von eignem Thau jüngst sah',
+

Da schien dem gebrochnen Blicke,
Sanft berauscht vom Schäferglücke,
Peters dritte Himmel nah.

Lieblich lächelt Doris Miene,
Wenn den Stachel Amors Biene
In das Myrthenkörbchen sticht:
Venus, die Duft um sich hauchet,
Wenn Adon den Altar brauchet,
Macht kein himmlischer Gesicht.

Um die Lebensquelle wohnen
Scherze, die auf Locken thronen,
Ohne Menschenkunst frisirt.
Freude lacht um ihr Gestade,
Wenn in ihr Baßin zum Bade
Amor seinen Liebling führt.

Hör' wie er im Bade spielet,
Plätschernd seine Flamme kühlet,
Aufspringt, wieder abwerts schießt:
Laß ihn baden, laß ihn keltern
Bis aus allen Lustbehältern
Dank in Deine Quelle fließt.

Erotische Tändeleyen
[Karl Müchler]

Die drei Tage.

Wenn die Götter mir den Wunsch vergönnten,
jeden Schmerz von meinem Daseyn trennten,
möchten nur drei kurze Tage mein,
und der vierte schon mein Ende seyn.
Heute würd' ich die Geliebte sehen,
morgen würde sie mein Herz verstehen.
Fragt nicht, wie der *dritte* mir entschwebt,
aber wißt, ich hätte dann gelebt.

Erotische Tändeleyen
[Karl Müchler]

Mein Wunsch.

Ich möchte wohl der Gott der Liebe seyn! –
Nicht, um Tyrannenrecht an Jung und Alt zu üben,
und schadenfroh mich fremder Qual zu freun;
ich könnte nie ein gutes Herz betrüben;
auch eben nicht, um mir mit Nektarwein
die kußerhitzten Lippen zu benetzen,
mich auf den Schooß des Donnerers zu setzen;
nicht, um Beherrscher des Olymps zu seyn,
mit leichtem Flug von Pol zu Pol zu schweben;
mich der Unsterblichkeit zu freun;
denn, wenn Aline stirbt, was sollt' ich mit dem Leben? –
+

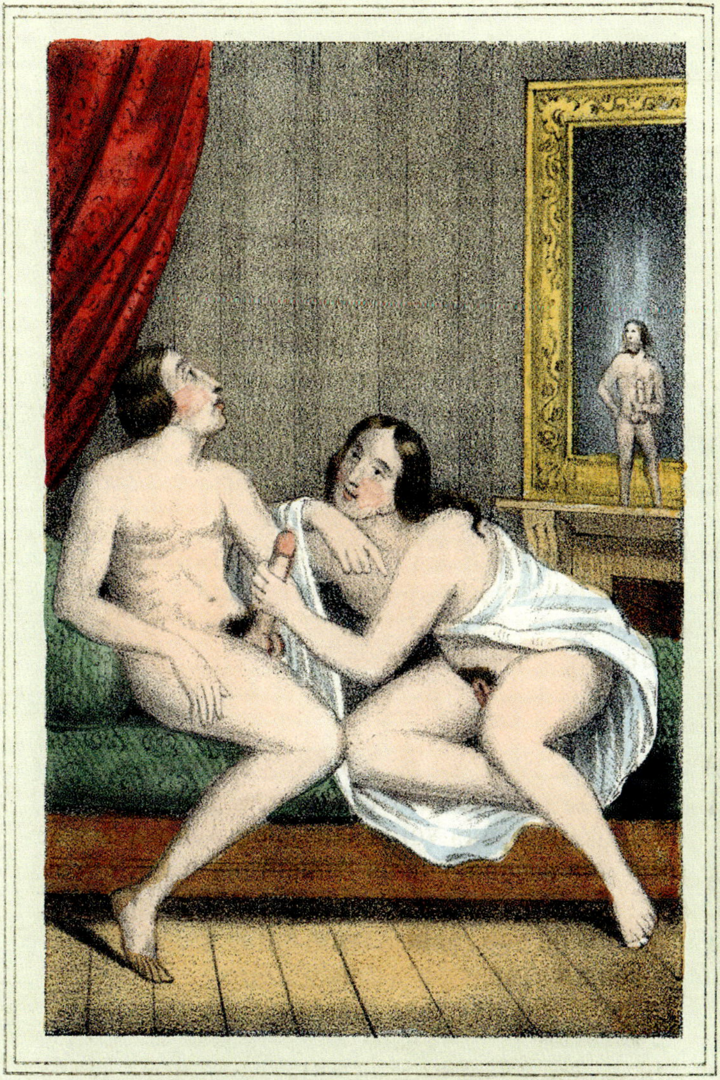

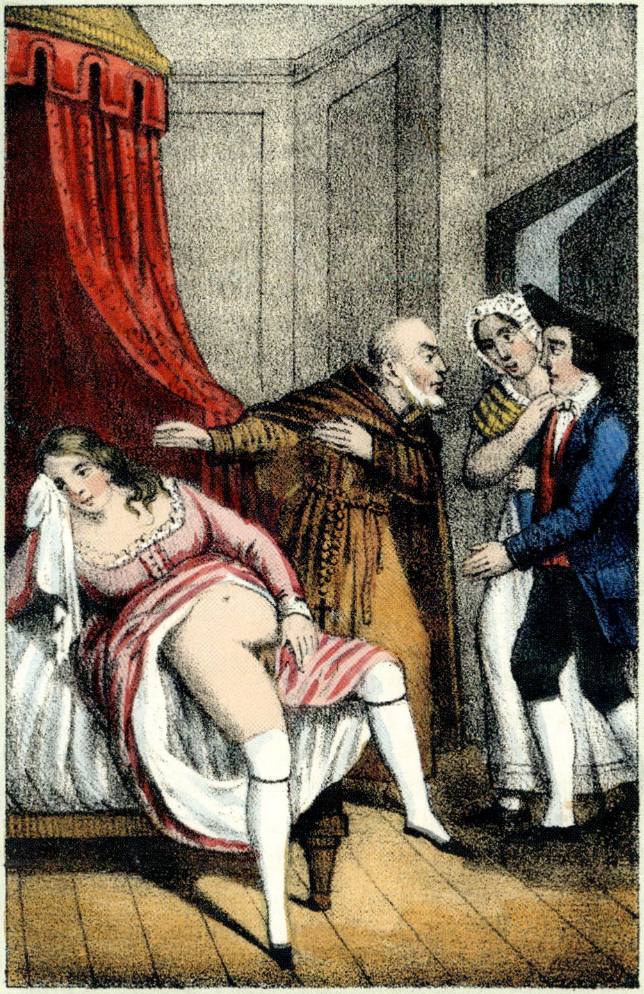

Ich möcht' es nur, um einst bei Lunens Schein
im Nachtgewand sie einsam zu beschleichen,
dann würd' ich doch in Cypripors Gestalt,
was ich so lang' umsonst erfleht, erreichen;
wer widerstand je Amors Allgewalt?

Christian
Friedrich Daniel
Schubart

An Tilla

Hier ist, o liebes Weibchen!
Ein kleiner Wunsch für dich.
Ich wünsche dir, mein Täubchen,
Ein kugelrundes Leibchen,
Und ach! – zum Autor – mich!

Nuditäten
Anonym

An Laura.

Wie lang, o Thörin, ahmst du schwach
die Lust geheimer Liebe nach?
Ach, willst du stets die Glut von Küssen,
wo Zung' auf Zunge heimlich trifft,
den Balsamthau der Liebe missen? –
+

stets fliehest du vor meinen Küssen,
als flöss' von meinem Munde Gift.

Gib einmal nach, laß nur einmal,
beim Götterrausch erhitzter Sinnen,
des Jünglings Kraft in deine Muschel rinnen,
die allzu oft ein süßer Traum ihm stahl.
Nur einmal schmecke diese Freuden,
sie sind so zauberisch und süß,
sind deiner werth, du wirst gewiß
das lose Spiel der Finger meiden.

Ich komme, wenn die Nacht erscheint,
und will dich dann in schmachtendem Verlangen
zum süßen Minnespiel umfangen,
das uns im Rausch zu eins vereint.
Ich komm', dein Mieder aufzuschnüren,
lös' deine goldnen Locken los,
bis meine Hände sich im Schooß
bei schönern Locken sich verlieren.
Ich wühle dann in deines Busens Schnee,
bis daß wir unter Flammenküssen
in trunkner Zärtlichkeit zerfließen
und ich zum Ziel erhörter Liebe geh'.

O welche Lust! Die kühne Hand
löst erst der Kniee buntes Band
+

und drückt die vollen Marmorwaden,
die ihres seidnen Strumpfs entladen,
wie Schnee so weiß, wie Stahl so fest,
nach größrer Lust uns schmachten läßt.
Nun schlüpf' ich mit beherzten Händen
empor zu deinen weichen Lenden,
das Röckchen fällt, das sie verhüllt,
ich kann in deinen Locken wühlen,
und zärtlich mit dem Kränzchen spielen,
das sanfter als ein Pfirsich schwillt.

Jetzt steht, des Kleiderschmucks entladen,
Laurettchen hold vor meinen Augen da. –
O lächle nur, daß ich so schön dich sah.
Die Wollust glüht in deinen Mienen,
du kämpfst mit mir den wonnevollsten Streit,
erhitzest meine Zärtlichkeit,
und lässest mich den Minnesold verdienen.
Ein weiches Bett nimmt uns gefällig ein,
ich sänge gern, wie wir uns dort erfreun,
jedoch dein Bettchen hat Gardinen.

Johann
Georg
Scheffner

Erinnerung der Schäferstunden.

Die holde Glut, die selbst Cythere fühlte,
Wenn ihren Hals Adonis Arm umschlang,
Wenn ihren Busen seine Küße wärmten,
Und sein Reitz unter ihren Händen wuchs:

Die Glut von der die jungfräuliche Kälte
Der jagenden Latonenstochter schmolz,
Die ihr beim eingeschlafnen schönen Jüngling
Sanft zurief: Wachend ist er schöner noch:

Die Glut, die Amors stärkste Pfeile stählet,
Oft auch zu kühn den Bogen spannt, und sprengt,
Die in den Myrtenkranz entzückter Liebe
Den unschätzbaren Demant künstlich steckt:

O möchte doch die Glut dies Lied begeistern,
O Liebe! hör' des Jünglings heißes Flehn,
Des Jünglings, der Dich zehnfach mehr empfindet
Als einst Adonis und Endymion.

Hör' mich, ich sing die Freudenaugenblicke,
Die ich an Chloris Busen schmachtend starb,
Da ich in meiner Hebe Opferschale
Der Wollust heilgen Nektar schäumend goß.

+

Wie in dem Busen aufgeknospter Rosen
Der Morgenthau, der an den Blättern hieng,
Zusammenfließt, und dann im rothen Schooße
Geschmolznen Perlen gleich ihr Roth erhöht:

So hiengen auch des fruchtbarn Thaues Tropfen
Hier um der Purpurmuschel weichen Rand,
Und an dem seidnen Moos, das sie umschattet,
Und mehrten ihrer Farbe kostbarn Reitz.

Wohlthätige, lustreiche Augenblicke,
Die Liebe und die Freude seegne euch,
Euch seegnete die Unschuld, als mein Mädchen
Aus ihrer Muschel mir die Perle gab.

O Wollust! welch ein unaussprechlich Opfer!
Hat den Altar je reiners Blut gefärbt?
Stets denkt mein Herz der Unschuld sanfte Röthe
Ihr Zittern, und des Opferstales Wut.

O Chloris bestes Mädchen, welch ein Opfer!
Bestürmt, erweicht durch meine Zärtlichkeit
Gabst du dein Kleinod hin. Ich brach das Röschen
Das jungfräulich im Schatten blühend stand.

O feyre mit mir, Mädchen, die Minute,
Die dir manch Perlenthränchen kostete;

+

In ihr schlang Amors Hand den schönen Knoten
Der unser Wesen heiligt und vereint.

Dem Tage Heil, an dem der kühne Amor
Den ersten Pfeil in deinen Köcher stach,
An dem die Biene den geschäft'gen Stachel
In deinen duftgen Bluhmenkelch vergrub.

So wie der Thau, der aus dem Thale rauchet
Mit wärmern Frühlingsregen sich vermischt;
So mischte sich der Wollust kräft'ger Balsam
Mit deiner keuschen Grotte mildem Thau.

Heil dir, o Tag, da ich den ganzen Umfang
Von deiner Tugend sah, da mich dein Aug
Und seiner feinen Bogen seltne Schönheit
Zu seufzen zwang: O wäre Chloris dein!

Heil dir o Tag, da ich zuerst Dich küßte,
Und deines Busens Rosenknospen sah',
Da ich des Heiligthums Altar berührte
Mit jungfräulichen Locken tändelte.

Heil dir o Tag, da ich der Wangen Purpur,
Im Aug dein Herz wollüstig schmachten sah,
Da bey der Zungen kützelnden Berührung
Der Lebenssaft aus Rosenlippen floß.

+

Heil dir o Tag, sey Grazien und Musen
Cytheren selbst, ein ewig Myrtenfest,
Denn Amor sang Triumpf, Triumpf und kränzte
Sich sechsmal am Altar mit Siegeslaub.

Feyr, Mädchen, ihn den Tag, da Du aus Liebe
Dich ganz dem Liebling zu genießen gabst.
Er war des zärtlichsten Vertrauens Ursprung
Und unsre Trennung labt noch jetzt sein Trost.

O, Mädchen, ha! wie kochten meine Adern,
Wenn Deine weiche kleine Zauberhand
Cupidens Scepter sanftverschämt berührte,
Und er von Wollust wuchs und überfloß –

O könnt ich doch den kostbarn Rausch beschreiben
Den ich zu Deinen Füßen oft gefühlt,
Wenn jeder neidsche Vorhang aufgezogen,
Und jeder Sinn entzückt befriedigt ward.

O Mädchen welche Schätze sah ich liegen!
Der seidnen lock'gen Haare Wohlgeruch,
Der Milchsaft in der Muschel feinsten Falten
Wie Rosen unter Lilien gemischt.

Wie zärtlich küßt ich nicht die schöne Rose,
Mein Mund sog Wollust für das Herz aus ihr!

\+

Wie freut ich mich wenn alles nach der Rose,
Nach ihrem Thau und ihren Blätter roch.

Wie küßt ich nicht die nachbarlichen Hügel
Die Venus Hand mit Atlas überkleidt,
Die tausend buhlerischer Mädchen Busen
An Form und feiner Farbe übergehn.

Einst will ich Rosenknospen auf sie pflanzen
Sie sollen dann mein zweyter Busen seyn,
Bey ihrem Anblick werd' ich Wollust athmen,
Auch ihre Grotte sey mein Heiligthum.

Der Wollust Nektar wird sie fruchtbar netzen,
Wenn er sanft übern Rand der Muschel ströhmt,
Ihr heil'ger Busch ward davon dichter wachsen,
Und stärkre Düfte in die Gegend streun.

Auf diese wollustreiche kostbarn Hügel
Gelehnt erwart' ich dich, geliebter Schlaf.
Besuche einst mich da, und bring durch Träume
Die wachend schon genoßne Lust zurück.

O wenn ich dann von ihm gestärkt erwache
Dann küß' ich dich wollüstiges Baßin,
Und laufe frisch nach jenem Lorbeerkrantze
Der lockend in dem Schooß des Mädchens hängt.

+

Du hilfst dann deines Helden Lanze führen;
Wie herrlich wie gewis wird dann sein Sieg,
Und nach dem Sieg wird er das Ziel anstaunen,
Und froh entzückt die ofne Wunde sehn.

Dann einz'ges Mädchen, trocknen meine Küße
Den Schaum von rosenfarbnen Lippen ab,
Mir trocknen ihn die duftenden Gesträuche
Des Hügels überm Kampfplatz zärtlich ab.

O Liebe! o wie wirst du uns begeistern!
Wie himmlisch schön wird unser Glück durch dich,
Wenn unsre Seelen ineinander fließen,
Sey jeder Kuß ein Lob und eine Hymne.

Nuditäten
Fortsetzung
[Anonym / ungelöst]

Ich habe sie genossen.

Ich habe sie genossen,
Die Nektartropfen aus Lyänes Hain,
Zum Herzen sind sie mir geflossen,
Ich wähnte Bachus selbst zu sein.
O, welche namenlose Lust,
Wie war ich ein begier'ger Zecher!
Und welche Flammen schossen

+

Die Blicke in mein Herz, die ganz mein Sein
durchflossen!
Mein Auge sank, und ha! ein Knie wie Elfenbein
Erblickt' ich, einsam war der Hain
Wir ganz allein,
Rings von Gebüschen dicht umschlossen.
Was jetzt geschah?
Nun ja!
Ich habe sie genossen!

Nuditäten
Johann Baptist
von Alxinger

Der Mittag.

Die Mittagsstunde schlug: matt von der Schwüle
Streckt' ich zur Ruhe mich auf meine Pfühle:
Durch's halbverhüllte Fenster kam ein Licht,
Gleich dem, das zweifelhaft durch Haine bricht,
Gleich dem, das dämmernd glimmt, wenn Phöbus sinket,
Und morgens zwischen Nacht und Tage blinket.
Dies Halblicht taugt für Mädchensittsamkeit;
Die Scham, hier kühner, wünschet Dunkelheit,
Sieh', Lina kommt mit aufgeschürztem Kleide,
Den Hals umflattern Locken, fein wie Seide.
So ging in's Wonnebett Semiramis,
So Lais, die sich gern erbitten ließ.

Ich riß, obwohl's zu dünn war zum Verstecken,
Das Kleid ihr weg, doch rang sie, sich zu decken,
Mit ihrem Kleid, und ward nach süßem Zwang,
Indem sie nur als eine solche rang,
Die selbst dem Feind nicht ungern unterlieget,
Durch eigene Verrätherei besieget,
Nackt stand sie nun wie die dem Meeresschooß
Entstieg'ne Venus, glänzend, makellos.
O Anblick, mich zu einem Gott erhebend!
Welch eine Brust! wie voll, wie fest, wie strebend!
Wie rund die Hüften! welche Symmetrie
Der Schenkel! und wie reizend paßt an die
Ein Hügel, der kaum merkbar sich erhoben!
O alles, was ich sah, war hoch zu loben!
Nun da mein Arm sich um die Nackte flicht,
Beginn' ich ... aber still! das singt man nicht.
Wir ruhten müde von dem süßen Spiele;
O solcher Mittag', Amor! gib mir viele!

Nuditäten
Johann Gabriel
Bernhard Büschel

An die Venus.

Nimm mich auf in deinem Heiligthume,
laß mich küssen die geweihte Blume,
die ein lockichtes Gebüsch beschützt.
+

Führe mich zur purpurfarb'nen Grotte,
wo dem weltberühmten kleinen Gotte
heiße Wollust still zur Seite sitzt.

Reiche mir der Liebe Taumelschale,
daß mein Lied dir meinen Dank bezahle,
daß mein Opfer nur der Wahrheit treu,
nicht der Abdruck thörischter Gefühle,
nicht ein Traum vom süßen Minnespiele,
nein, begeistertes Entzücken sei.

Laß mich sterben in verliebten Küssen,
und in Doris Armen mich zerfließen,
wenn ihr Schooß nach meinem Thaue lechzt,
Dunkel das erstarrte Aug' umhüllet,
Lebensopfer meinem Pfeil entquillet,
und aus ihrer Brust die Wollust ächzt.

Dann so will ich deine Freuden singen,
Opfer dir auf deinem Altar bringen,
Opfer der entflammten Jugendkraft;
täglich mich im Liebesrausch entzücken,
täglich Mädchenkränze dir zerpflücken,
kleine Kränze wahrer Jungferschaft.

Locken, die von Lebenstropfen glänzen,
sollen deinen Weihaltar bekränzen,
wo sie Rosenquellen einst umlaubt.
+

Mädchenblut soll ihn mit Purpur färben,
und ich selbst will hier im Kämpfen sterben,
wenn das Alter mir die Kräfte raubt.

Johann Georg Scheffner

Wie mir es war, wie Ihr es ließ.

Mädchen Mädchen o wie schön
War mein Sieg und mein Vergnügen
Um des Busens Marmorhöh'n
Sah' ich deine Locken fliegen.

Wenn des Zephyrs lose Hand
Um der Flora Busen spielet,
Und ihr blumichtes Gewand
Mit den Fittigen durchwühlet.

Fliegen ihre Haare so
Schön verwirrt um Hals und Nacken,
Und des nahen Sieges froh
Küßt er dann die glühnden Backen.

Schmiegt sich um sie, tändelt', hüpft,
Bald erzürnt und bald versöhnet
Bis er in den Hafen schlüpft,
Wo ihn Amor siegreich krönet.

\+

Aber glücklicher wie ich
War er nie in Florens Hafen,
Denn in Doris Arm läßt sich
Weicher als auf Rosen schlafen.

Nuditäten
G[ottfried]
A[ugust] B[ürge]r

Collin und Juliette.

Im süßen Duft der Rosen
lag Schäfer Collinet
und machte seiner losen
Geliebten ein Bouquet
und etwas anders noch, –
ich wag' es nicht zu sagen, –
und etwas anders noch; –
wer wird nach allem fragen?

Fein züchtig, wie es Sitte,
sprach er mit ihr, allein
bald mischte, als der Dritte,
sich Cypripor darein;
und etwas anders noch, –
ich wag' es nicht zu sagen, –
und etwas anders noch; –
wer wird nach allem fragen?

+

«Ich fühle deine Nähe,
du kleiner Göttersohn,
Dank, Amor, Dank – ich sehe,
dein Zepter winkt mir schon,
und etwas anders noch, –
ich wag' es nicht zu sagen, –
und etwas anders noch; –
wer wird nach allem fragen?

O Dank für diese Stunde!
sie führet zum Genuß,
verspricht von diesem Munde
mir einen Wonnekuß
und etwas anders noch, –
ich wag' es nicht zu sagen, –
und etwas anders noch; –
wer wird nach allem fragen?»

So dacht' er – naht dem Weibchen
sich schnell – von Liebe warm,
umfaßt das zarte Leibchen,
den Alabasterarm,
und etwas anders noch, –
ich wag' es nicht zu sagen, –
und etwas anders noch; –
wer wird nach allem fragen?

+

«Nimm diese Blumenkette!»
rief er: – «ich flocht die dir;
doch dafür, Juliette,
gewähr' ein Mäulchen mir,
und etwas anders noch, –
ich wag' es nicht zu sagen, –
und etwas anders noch; –
wer wird nach allem fragen?»

Drauf legt' er sie geschwinde
auf weichen Rasen hin,
berührt dem lieben Kinde
das anmuthsvolle Kinn,
und etwas anders noch, –
ich wag' es nicht zu sagen, –
und etwas anders noch; –
wer wird nach allem fragen?

Sie widerstrebt, er ringet,
siegt – eilet zum Genuß,
in Rosenlippen dringet
ein feuervoller Kuß
und etwas anders noch, –
ich wag' es nicht zu sagen, –
und etwas anders noch; –
wer wird nach allem fragen?

+

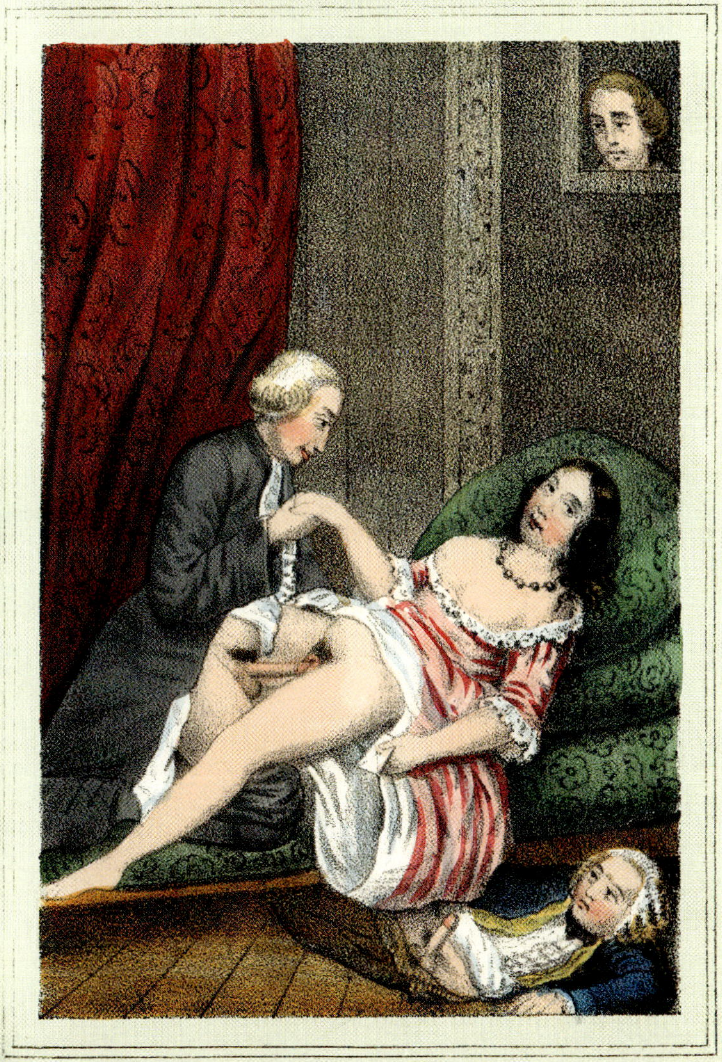

«O Collin!» rief entzücket
die schöne Schäferin:
«wie hast du mich beglücket,
ich fühle Wonnesinn,
und etwas anders noch, –
ich wag' es nicht zu sagen, –
und etwas anders noch; –
wer wird nach allem fragen?

Ach! meine Augen brechen
vor lauter Seligkeit;
wie groß, nicht auszusprechen
ist deine Zärtlichkeit,
und etwas anders noch, –
ich wag' es nicht zu sagen, –
und etwas anders noch; –
wer wird nach allem fragen?»

Des Schäfers banges Sehnen
ist nun gestillt – es floß
ein Strom von Freudenthränen
in der Geliebten Schooß,
und etwas anders noch, –
ich wag' es nicht zu sagen, –
und etwas anders noch; –
wer wird nach allem fragen?

+

Sie trieben Scherz und Possen,
bis süßer Schlaf sie band,
die Augen fest geschlossen,
hielt eins des andern Hand
und etwas anders noch, –
ich wag' es nicht zu sagen, –
und etwas anders noch; –
wer wird nach allem fragen?

Johann Georg Scheffner

Gemälde.

Das Herz vom Wunsch nach dir erfüllt,
Er flehte Dich zurück,
Da kam der Schlaf, und wies im Traum
Mir das erflehte Glück.

Ich sah' dich schön wie Grazien,
Wenn Cypripor sie küßt,
Wie Psyche schön, wenn Amor sie
Fest in die Arme schließt.

Doch schöner wie ein Traum warst du
Mir wachend, als ein Druck
Der weichen Hand beym wämsten Kuß:
ob ich dich liebe, frug.

+

So bist du schön, wenn dir im Aug
Ein Thränchen zittern steht,
Doch schöner, wenn den losen Blick
Des Lächelns Reitz erhöh't.

Der freygewölbte Busen stieg
Von Wollustahndungen,
Die braunen Augen schoßen Blitz,
Streit zu verkündigen.

Laut schlägt mein Herz von Dir berührt
Heiß, wenn die weiche Hand
Den Pfeil auf Amors Bogen legt,
Und kühn die Sehne spannt.

Ha! denn fließt mir die Seele ganz
Mit Amors Pfeil ins Ziel!
Ach Mädchen auch Dein Aug bricht dann,
Und spricht Gluth und Gefühl.

Entzückend zischt Champagnerschaum
Am Rande des Pokals,
Doch schönrer Schaum hängt dann am Busch
des duftgen Wollustthals.

Kein Tempe, kein Elysium
Ist schön wie Chloens Thal,
+

Hier halten Aug, Gefühl, Geruch
Berauscht ihr Göttermahl.

Das Rosenkleid hat Cypra
Ihm angelegt, sie ist
Die Schöpferin des Quells, der aus
Der Muschelgrotte fließt.

Zehntausendmal sagt dir mein Kuß
Du Thal der Reize Dank,
Oft netze Amors Balsam dich,
Er sing dir Lobgesang.

Nuditäten
Anonym

Du und Ich.

An Herrn von ***.

Du gehst auf kriegerischem Pfad,
mit Lorbeern dich zu gürten,
ich aber bin der Lorbeern satt,
und kränze mich mit Myrthen.

Du schweigst? Dein Damascenerschwert
raubt Tausenden das Leben,
ich aber sitz' am warmen Heerd
und trinke Saft der Reben.

+

Du eilst auf wilder Feinde Schwarm,
sie siegreich zu bekriegen,
ich flieg' in holder Nymphen Arm,
mit Cypripor zu siegen.

Du welkst in deiner Jugend ab,
ich werde stets gesünder,
tagtäglich mäh'st du Menschen ab,
und ich mach' täglich Kinder.

Nun mußt du selbst gesteh'n, daß wir
uns eben nicht sehr gleichen,
doch ohne Gleichheit nenn' ich dir:
wir lieben beide Leichen.

Du Leichen, die dein Schwert gemacht
und zu dem Orkus schickte,
ich Leichen, wann ich in der Nacht
den Jungfernkranz zerpflückte.

Nuditäten
Anonym

Das Einpfropfen.

Freund Morpheus! ewig preis' ich dich!
du bist mir mehr, als alle Feen,
+

du ließest meine Iris mich
mit allen ihren Reizen sehen.

So schön war Aphrodite nie,
die Liebesgötter hatten Rosen
und Lilien gepflückt, um sie
zu schmücken und sie liebzukosen.

Ich sah sie zitternd mir sich nah'n,
ihr schönes Aug', wo Unschuld strahlte,
sah nur auf mich – indeß ein Wahn
von Schuld die Wangen höher malte.

Mit abgemess'nen Schritten kam
sie mit der ersten Morgenröthe
fast nackt zu mir und schüchtern – nahm
sie ihren Platz bei mir im Bette.

Du weißt es, Lindor, sagte sie,
daß Tugend mich und Unschuld leiten;
ich schütze deinen Geist und sieh' –
wärst du nicht artig und bescheiden,

du würdest mir sehr wehe thun. –
Sie hüllte sich in meine Tücher,
gleich wie in Wolken ein, und nun
glaubt' sie vor mir sich völlig sicher. –

+

Wie gerne hätt' ich das Talent,
hob sie dann an, mich auszudrücken,
wie du – etwas, das man nicht nennt,
läss'st du in deinen Reden blicken.

Selbst die geringste Kleinigkeit
wie groß in deinem Mund – man höret
sie gern und glaubt dir allezeit,
selbst dann, wenn uns dein Witz bethöret.

O lehre mich die Kunst auch nur. –
Gern, rief' ich, will ich dich erfreuen,
zwar ist's die Gabe der Natur,
doch kann ich sie dir auch verleihen.

Gib mir auf einen Augenblick
nur deine Zunge, daß die meine
sie pfropft – und das verlangte Glück
wirst du erhalten, liebe Kleine.

Denn wenn man Zung' auf Zunge legt,
wird diese Kunst inoculiret,
und Iris, die nichts Arges hegt,
ward so durch meine List verführet.

Sie glaubte mir – ich pfropfte sie
so gut, daß unbekannte Regung
+

sie schnell durchströmt – die Phantasie
setzt alle Nerven in Bewegung.

Sie sprach nicht, doch befahl sie mir
mit ihren seelenvollen Blicken
aus dem gebroch'nen Auge, ihr
das Propfreis tiefer einzudrücken.

Sie lag wollüstig ausgestreckt,
hielt fest und zitternd mich umschlungen –
von Freuden, die sie nie geschmeckt,
war itzt mein Mädchen ganz durchdrungen.

So kam's, daß, eh' wir selbst gedacht,
mich Amor mit der Myrthe krönte,
die Liebende nur glücklich macht. –
Dir, Königin von Paphos, tönte

vereinigt unser Lob – du schienst,
entzückt von unserm Dank, zu fodern,
daß solche Opfer deinem Dienst
auf deinem Altar immer lodern.

Ha! weißt du noch? Als ich im Streit
der Liebe just am stärksten kämpfte,
sprach sie mit holder Frömmigkeit,
die fast in mir das Feuer dämpfte:

+

«Halt' ein, es blitzt!» Ja, weißt du noch?
als sie – Ha! leider nur Chimäre
ist all' mein Glück – ach wenn ich doch
nur lieber nie erwachet wäre!

Ich öffnete die Augen kaum,
so war auch alles gleich verschwunden;
was hatt' ich nun gethan? Im Traum,
ach nur im Traum mein Glück gefunden.

Der Sieger Lindor war nicht mehr,
ein Träumer war's und ist die Klarheit
vom Dunkel wohl verschiedener,
als leere Träumerei von Wahrheit?

Johann
Georg
Scheffner

Einladung auf das Feld.

Sag kleiner Abgott hast du auch
In schwüler Sommernacht
Kein Picknickspiel nach Venus Brauch
Wo ohne mich gemacht?

Sag' hat dein weiblich Herzchen sich
Von mir nicht schon entwöhnt?
+

Hast du in Haselsträuchen Dich
Warm bloß nach mir gesehnt?

Wenn Dich der Laube dämmernd Licht
Das Mooß im schatt'gen Hayn
Zum Schlaf einlud, wünschst Du dann nicht
Von mir geweckt zu seyn?

Sprich, sprich – und dann komm mit ins Feld
Das reizender nie war,
Wo Ceres Garben aufgestellt,
Der Venus zum Altar.

Kein Sopha den stahlfederreich
Goldfarbger Atlas schmückt,
Ist so schön, so elastisch weich
Zum Menschenspiel geschickt.

Der Tag da ich zuerst Dich sah
Ist Heut. Er sey ein Fest,
Und wohl Uns wenn sich Paphia
Heut von uns opfern läst.

Scheu nicht ums Aug den Lazurstrich
Scheu nicht ein blaß Gesicht,
Der Mond hat seinen Hof, schämt sich
Der Silberbläße nicht.

+

Schling um den Hals mir deinen Arm
Schnell öfne das Portal
Der Nymphengrotte, wollustwarm
Küß Amors Opferstal;

Und stirb in süßer Ohnmacht hin,
Bis milder Balsamsduft
Dich, kleine Amorspriesterin,
Ins neue Leben ruft.

Nuditäten
Anonym
[vermutl.
J. G. B. Büschel]

Erinnerung.
An Henrietten.

Von dir getrennt und deinem Kuß,
und all' dem seligen Genuß,
der einst uns so beglückte,
bleibt nichts zurück – der Myrthenkranz,
der unsre Stirne schmückte,
liegt blätterlos und ohne Glanz
zerpflückt zu unsern Füßen. –
O laß uns durch Erinnerung
und durch den zauberischen Schwung
der Phantasie ein Glück genießen,
das allzu früh für uns entwich,

+

und laß im Traum' uns wonniglich
fest an einander schließen.

Gedenk' der wonnevollen Zeit,
als ich in süßer Trunkenheit
dein weißes Knie entblößte,
als ich mit kühner Jünglingshand
den gold'nen Gürtel löste,
und dann die Burg der Liebe fand.
Gedenke dann an jenes Sträuben,
an deine holde Schüchternheit,
es möchte stets von unserm Streit
die Spur auf jenen Lippen bleiben,
die tausendmal mein Mund berührt,
eh' du, zum Widersteh'n schon schwächer,
den schärfsten Pfeil aus Amors Köcher
in deine Grotte selbst geführt.

Noch jetzt, berauscht von Phantasieen,
fühl' ich die bleiche Wange glühen,
von der das Roth der Jugend wich,
noch jetzt beginnt ein Bach zu rinnen,
der längst schon träg' und langsam schlich.
O Mädchen, Mädchen, denk' ich dich,
so kocht auf's Neu' in meinen Sinnen
der Liebe Glut, von stiller Lust
+

hebt mächtiger sich meine Brust,
und wünscht auf's Neu' mit dir zu ringen
und auf den purpurnen Altar
dir neue Opfer darzubringen,
der einst der Heerd für meinen Erstling war.

O welch ein Rausch, geliebte Henriette,
o welch ein Taumel nahm uns ein,
als ich zuerst, mich dir zu weih'n,
dich hin zu deinem weichen Bette
mit liebevollen Armen trug,
und meine Hand um deine Lenden schlug,
und gern mich ganz in dich verloren hätte.

Wie rollten uns're Augen nicht,
es schwand vor unsern feuchten Blicken
die ganze Welt, der Sonne Licht,
ach alles, alles schwand – nur nicht
dies wenige, dies göttliche Entzücken,
das noch nach vielen Jahren bleibt,
und jetzt das Blut in meinen Wangen
in schnellern Kreisen heftig treibt,
um wieder Freuden zu verlangen,
die keine Gottheit geben kann,
weil längst der Quell der Lebensfreuden
nach unruhvollem trüben Scheiden
in Träumerei'n der Nacht verrann.

+

Noch denk' ich immer mir die Scene,
wo ich zuerst die weiche Thräne
der Wollust in den weichen Schooß
des liebesiechen Mädchens goß.
Auch du gedenkst gewiß der Stunden,
wo ich dein Heiligthum entdeckt,
und durch die schönste aller Wunden
mit Purpur dein Gewand befleckt,
wo du der Liebe Glück empfunden,
wo deine weiche Lilienhand
zuerst den Pfeil der Liebe fühlte,
und mit der gold'nen Locke spielte,
bis daß er schnell vor dir verschwand,
und sich in deinem Schooß versteckte,
und zärtlich von dem Rosenrand
den Thau geheimer Liebe leckte.

Vielleicht erscheint noch einst die Zeit,
wo ich dich, Holde, wieder sehe,
und jenen Kampf der Zärtlichkeit
mit neuer Jüngslingskraft bestehe.
Vielleicht, gewiß – gewiß – ich sehe
dein Heiligthum im Traume schon,
und ernte dort den Minnelohn,
nach dem ich jetzt vergebens flehe.

Johann
Jakob Wilhelm
Heinse

Die Nacht

Welch eine Nacht! Götter und Göttinnen!
Wie Rosen war das Bett, da hingen wir
Zusammen im Feuer und wollten in Wonne zerrinnen.
Und aus den Lippen flossen dort und hier,
Verirrend sich, unsere Seelen in unsere Sellen! –
Lebt wohl ihr Sorgen! Wollt ihr mich noch quälen?
Ich hab in diesen entzückenden Sekunden,
Wie man in Wonne sterben kann, empfunden!

Hocherotik

Und einen Leib so weiß wie Schnee, so recht gebaut zum Paaren

Gotthold Ephraim Lessing

Dorilis.

Die schlaue Dorilis hat Augen in dem Kopfe,
so hat ein Luchs sie nicht;
man denkt, sie sieht uns ins Gesicht,
und sie sieht nach dem Hosenknopfe.

F.C.W. Mayer

Stoßseufzer einer Jacobinerin.

Gib, Himmel, gib, daß jede Bürg'rin frei,
und jeder Bürger ohne Hosen sei.

Eulogius Schneider

Die schöne Doris

Die schöne Doris schwört, in ihrem Leben
Nur dem, der ihr gefällt, sich zu ergeben.
Weil aber jeder ihr gefällt,
Ergibt sie sich der ganzen Welt.

Christoph Friedrich Haug

Corinnas Entschuldigung

Durch Treue hätt ich einen nur beglückt:
Mein Flattersinn hat Tausende entzückt.

Moritz August von Thümmel

Auf eine alte Kokotte.

Mit ihrem Bette geht es so,
Wie dort im Evangelis,
Als die Geladenen nicht kamen;
Sie nimmt die Blinden und die Lahmen.

Abraham Gotthelf Kästner

Tausendundeine Nacht

Ein Sultan, dem die Ruhe fehlte,
Horcht tausend und noch eine Nacht
Auf das, was ihm die Sultanin erzählte:
So hätt ich nicht die Nächte zugebracht!

Gotthold Ephraim Lessing

Auf einen Brand zu **

Ein Hurenhaus geriet um Mitternacht in Brand.
Schnell sprang, zum Löschen oder Retten,
Ein Dutzend Mönche von den Betten.
Wo waren die? Sie waren – – bei der Hand.
Ein Hurenhaus geriet in Brand.

Johann Gottfried Herder

«**S**chon ist die Festung eingenommen,
O rettet euch! Die Krieger kommen;
Schon plündern sie; und dann notzüchtigen sie.»
Die Mädchen fliehen; sie kriechen bange
In'n Keller ein; sehr tief, doch nicht zu tief,
Sehen zitternd oft heraus – und eine rief:
«Die plündern aber lange!»

Johann Jakob Wilhelm Heinse

An Lottchen

Wie gut ist die Vernunft! Da hängt es an dem Bein,
Das schöne Vögelchen, nur wegen einer Beere!
Sprach Lottchen – und verlor des Kranzes Ehre
Zwei Stunden drauf bei einem Fläschchen Wein.

Friedrich
von Logau

Auf die Dubiosa.

Dubiosa ging zur Beicht'
Traurig, und mit Recht vielleicht.
Als der Pfarrer fragt' von ungefähr,
Ob sie eine Jungfer wär'?
Sprach sie: «Ja, ich armes Kind!»
«Aber wie sie heuer sind.»

Nuditäten
Anonym

Die Liebenswürdige Einfalt.

Climene ward durch zärtliche Gespräche,
die ihrer Neigung schmeichelten,
bewegt – geheime Glut ward rege –
wer ließ wohl ungenutzt den schönen Rausch vergeh'n?
Ihr Liebling drang in sie – und siegte.
Kaum war sie zu sich selbst zurück;
so fiel's ihr ein, daß sie die selt'nen Früchte
der Liebe doch im süßen Augenblick,
da er sie erntete, nicht g'nug vertheidigt hätte.
Gleich deckt sie den entblößten Busen zu,
und mit gesenktem Aug', mit sanfter Röthe
auf ihren Wangen, die noch jeden Reiz erhöhte,
sprach sie: Mein Gott, wie stark bist du!

Nuditäten
Anonym

Das Piketspiel
Eine Erzählung

Die kleine muntre Galathee,
ein Kind von funfzehn Jahren,
mit rabenschwarzen Haaren,
und einem Leib so weiß wie Schnee,
so recht gebaut zum Paaren,
und Franz, ein Knabe dick und fett,
mit Augen voller Flammen;
dies Pärchen nun saß einst beisammen
und spielten, – was? – Piket!

Das Spiel sah ziemlich mieslich aus,
auch galt's nicht eben wenig,
Franz hatte vierzehn König
und Galathee drei Daus.
Schnell ließ sie Hemd und Mieder
und ihre Röckchen nieder,
und stand wie Göttin Cypria
auf Ida ohne Schleier da.

Du hast dein Spiel verloren!
rief sie mit losem Lächeln aus,
denn sieh, hier ist das vierte Daus,
Pikdaus mir angeboren.

+

Gut, sprach drauf Franz, ich glaub' es dir,
hier ist mein Geld, doch mußt du mir
auch jetzt dafür versprechen,
dies angeborne vierte Daus
nur ganz allein zu spielen aus,
ich will es dann schon stechen.

Johann Georg Scheffner

Der klügste Rath.

Petron sah jüngst voll Lüsternheit
Gewandlos Sylvien im Bade:
Was sich ein Mädchen sonst zu zeigen scheut,
Das lag da vor ihm *en parade;*
Hals, Schultern, Busen, Wade
Sah er; und wer das sieht, bekommt auch mehr zu seh'n,
Und was er sah, war schön, zum Küssen schön.
Nur aus Petrons vertieften Blicken
Sprach Mißmuth und Verlegenheit,
Er sah mit unentschloss'nen Blicken,
Selbst bei dem sanft'sten Händedrücken,
Bald rechts auf's Bein wie Schnee, bald links auf's
weiße Knie.
Für jedes fühlt' er Sympathie,

+

Und doch nicht Kraft zur Wahl. – Mit heimlichen
Entzücken
Sah Sylvia Petronens innern Streit:
«*Was fehlt dir Kind? Wozu denn die Verlegenheit?*
Willst du», sprach sie, «*daß ich entscheide?*
So thu' das Sicherste, damit Keins Unrecht leide,
Und leg' dich hurtig zwischen Beide.»

Nuditäten
Anonym

Billet an Dorchen.

Wie lebst du Dorchen denn, du kleine Klosternonne,
Hübsch fromm, und keusch, und still, und froh auf
eig'ne Hand?
Hat beim Spazierengeh'n dir nicht die Frühlingssonne
Die weiße Haut schon sehr auf Stirn' und Hals
verbrannt?
Blüh'n deine Wangen noch wie junge Frühlingsrosen,
In deren rothen Schooß kein Sonnenstrahl noch sah?
Kommt auch kein Stutzerchen, vertraut dir liebzukosen,
Mit gar zu freier Hand dem Busen gar zu nah?
Hast du zur Einsamkeit dich ruhig schon bequemet?
Bekommt die Landluft dir, macht dich das Landbrot
fett?
+

Hat Strick- und Nähzeug noch kein Fingerchen
gelähmet,
Und kräuselst du noch jetzt dein seid'nes Haar so nett?
Wird auch der Busen dort so grausam eingeschnüret,
Der Parasol, wie hier, nur bloß im Schrank bewahrt?
Ist alles, was Natur an dir voll Reiz gruppiret,
Und ich entzückt einst sah, noch fleischig, glatt und
zart?
Was macht das heil'ge Land, das jenes Thal beschattet,
Um das sich Wohlgeruch, so wie um Ceylon gießt,
Wo mit den Grazien der Liebesgott sich gattet,
Und sicher, wie der Kern in Pfirschen, sich verschließt?
O Dorchen, könnt' ich doch die süße Pfirsich küssen,
Und in ihr Kämmerlein, wenn's tausendmal geküßt,
Sein Pförtchen öffnet, gleich recht warm das Steinchen
schließen,
Das beim Gedank an dich nie kalt und dürre ist.
O Dorchen, könnt' ich dich an dieses Herz jetzt
drücken,
An deinem Busen meines Glücks mich ganz erfreu'n –
Wird auch kein And'rer je ein Pfirsichreischen
pflücken?
O laß doch Blüthe, Laub und Frucht für mich nur sein!

Nuditäten

Anonym

Das Allerheiligengemälde.

Ein Maler, groß in seiner Kunst, obgleich
für's Müßiggeh'n sehr eingenommen,
spielt' einst den frommen Nönnchen einen Streich.
Er hatt' es auf ihr Bitten unternommen,
ein großes Stück der heiligen Glorie
zu fertigen. Man war schon eins, bezahlte
das Geld im Voraus ihm – doch dieses dauerte
nicht lang', und unser Künstler malte
noch immer nicht. Indeß war der Termin
verstrichen; jede Nonne wähnte
was Treffliches zu seh'n – man fragte ihn,
ob er nun nicht sein Werk bald zeigen könnte?
Drei Striche noch, so ist's gethan;
sprach er mit unerschrock'nen Mienen,
heut' Abend noch mach' ich mich d'ran,
und morgen früh, Mesdames, bring' ich's Ihnen. –
Er hatte kaum die Leinwand zubereitet, –
was that er nun? Ein toller Einfall kam
ihm in den Kopf, als er den Pinsel nahm.
Er zeichnete, was keinen Ausdruck leidet –
man mag's errathen, denn dem Dichter
ist's nicht erlaubt, ein jedes Bild so frei
zu zeichnen – ihn belauscht ein strenger Richter –
der Künstler nur folgt seiner Phantasei. –

+

Am Morgen d'rauf bracht' er das Bild, und that
sehr ernsthaft, schwur, daß er in seinem Leben
kein schön'res noch verfertigt hat.
Indem die Nonnen ihn voll Neugier nun umgeben,
kehrt er es endlich um und spricht:
Hier sehen Sie. – Der Anblick war den Damen
so sehr frappant, daß sie dabei sich seltsam nahmen.
Der Frau Aebtissin stieg die Röthe in's Gesicht,
Beatrix, Agnes, Claude hielten
die Hände vor die Augen, schielten
brav durch die Finger – jedes Schwesterchen
braucht eine List, verstohlen hinzusehen.
Zwar jede kennt seit langen Zeiten
schon die Figur, weiß Namen und Gestalt –
und die es noch nicht kennt, erräth es bald. –
Doch fragten alle jetzt: Was soll das Ding bedeuten?
Dies ist, sprach er, das Bild von allen Heiligen.
Ich will euch das Geheimniß wohl erklären –
wenn ich in diesen Raum die Herren
hätt' alle malen können, wär's gescheh'n.
Dies konnt' ich nicht, d'rum malt' ich gleich,
wie ihr hier seht, den heil'gen Vater euch.

Nuditäten
Aloys Blumauer

Klagen eines Geometers über den Verfall der Reize seiner Frau.

O Zeit! du böser Circulus,
du Feindin aller Ehen,
ach, was du nur berührtest, muß
in deiner Hand vergehen;
du Reizverderberin, sag' an:
was hat dir meine Frau gethan?

Sie zeigt mir, ach, im Negligee,
anstatt der Schönheit Spuren,
jetzt lauter mathematische
verzweifelte Figuren;
ihr Leib ist eine Tabula
der ganzen Mathematica.

Ach, ihr Gesichtchen, sonst so reich
an regulairen Zügen,
der reizendsten Ellipsis gleich,
gemacht, mich zu besiegen,
ist iztz, besehen um und um,
ein schreckliches Triangulum.

Ihr Mündchen, sonst so parallel
mit beiden Augenbogen,
ist itzo, – Gott verzeih' mir's – scheel,
und jämmerlich verzogen,
+

und in dem Mund rollt jetzt herum
ein mobile perpetuum.

Wie schön war nicht ihr Wangenpaar
vor kurzem noch formiret,
ein herrliches Convexum, gar
mit Rosen emailliret,
und dies Convexum, – schade drum!
ist leider jetzt ein Concavum.

Ich weiß nicht, was dem Kinn geschah
das ich so gern sonst drückte,
ich dacht' an die Parabola,
so oft ich es erblickte,
und jetzt fällt mir dabei, o Pein!
der Angulus acutus ein.

Sonst hob und dehnt' ihr Busen sich
in altum et in latum,
jetzt ist er, o wie ärgert's mich,
ein planum inclinatum;
die beiden hemispheria
sind nun zwei kleine pendula.

Die Hüften, ach, sonst waren sie
viel ründer und viel fetter,
nun stehen sie hervor, als wie
zwei harte dicke Bretter,
+

sind mager, eckig und kurz um
ein Parallelepipedum.

Die Schenkel sind nicht mehr so schön,
sie waren sonst viel ründer,
und fühlten sich vordem wie zween
elastische Cylinder,
nun aber sehen sie, o Graus!
als wie ein Polygonum aus.

Und noch eins, o – zwo Linien,
die sonst so schwer sich trennten,
zu eng für meinen ehlichen
gefürchteten Tangenten,
verwandeln jetzt gar fürchterlich
in einen weiten Rhombus sich.

So muß ich leider merken, was
die Mathematik lehret.
Ja, zwischen Mann und Weib ist das
Verhältniß umgekehret,
erst war ich groß und sie war klein,
nun wird sie groß, und ich schrumpf' ein.

Nuditäten
Johann Baptist
von Alxinger

An – – .

Dein grauer Schatz, der arme Narr,
Schläft jetzo, Dank sei dem Katarrh,
Vom steten Husten matt,
Drum komm, du weißt doch noch, wohin?
Komm, liebes Weibchen; wiss', ich bin
Des langen Wartens satt.
Drei ew'ge Tage lässest du
Mich Armen fasten; siehe zu!
Denn ich gesteh' es frei:
Das treuste Herz auf Gottes Welt,
Das gar nichts hat, woran's sich hält,
Wird endlich ungetreu.

Drum komm, hilf meiner Treue nach!
Dein harrt ein dämmerndes Gemach,
Champagner, der moussiert,
Und ein Fasan, wie Mönche fett,
Und ein geräumig Ruhebett,
Wo nicht gehustet wird.

Nuditäten
Anonym

Der Apotheker

Am Markusplatz wohnt' eine schöne Dame –
ein Apotheker ging vorbei:
sie sah' s ihm an, daß er ein guter Schütze
mit dem beliebten Bogen sei,
von welchem nur ein Sinnbild Amors Bogen
und weiter nichts. – Sie ruft ihm zu:
Mein Freund, ich bin geplagt von einem Uebel,
es läßt mir Tag und Nacht nicht Ruh'.
Bereitet mir doch ein Clystir und bringet,
sobald Ihr könnt, es her zu mir.
Er säumte nicht, der hübsche Apotheker,
und fand zum Rendezvous bei ihr
sich ein, jedoch sein gutes Glück nicht ahnend.
Die Senatorin streckte sich
Auf's Bette hin, und zwar in einer Lage,
derjenigen ganz eigentlich
entgegen, den der Dienst, den sie verlangte,
erheischt – und als er stutzig ward,
sprach lächelnd sie: ich nehme solche Mittel
nie anders, als auf diese Art.
Er faßte den Befehl, vollzog ihn pünktlich,
und bracht' es ihr vortrefflich bei –
denn diese Kunst bedarf wohl keines Lehrers. –
Wie theuer dieses Mittel sei,
+

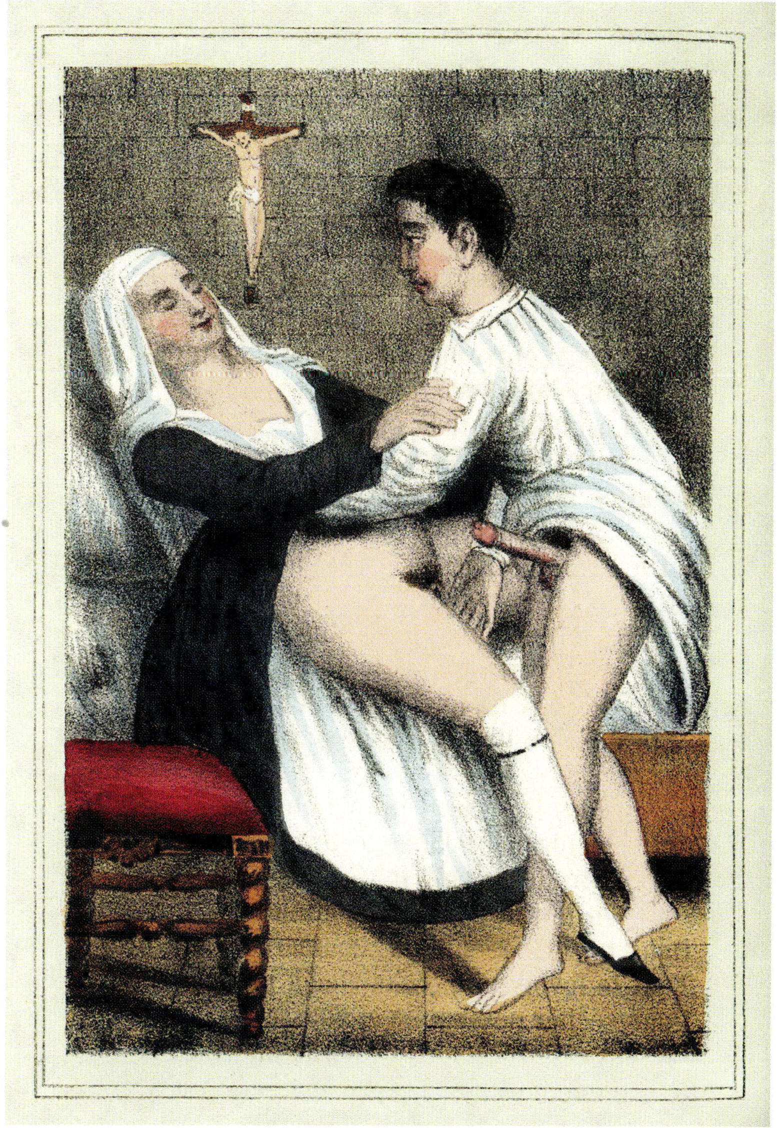

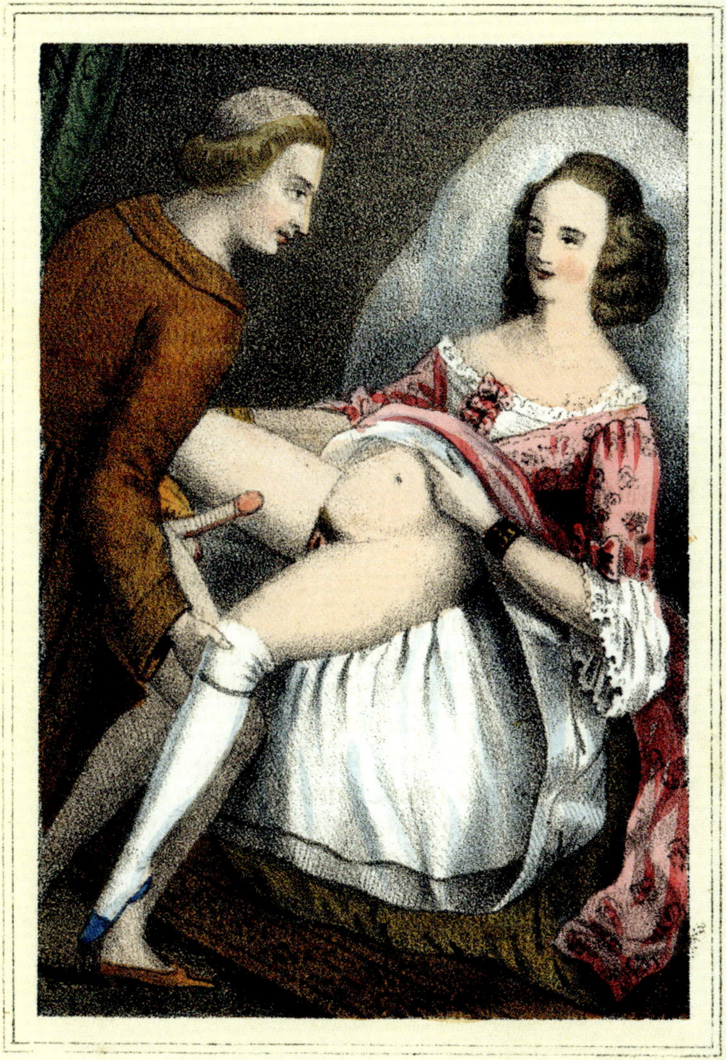

fragt sie ihn nun. Es kostet einen halben
Dukaten jedes. – O dafür
hab' ich es ja gefunden – nimm den ganzen
und gib sogleich noch eines mir.

Nuditäten
Anonym

Der Klosterarzt.

Agathe kämpfte mit dem Tode;
ihr Herz war zwar noch frisch, allein kein Saft
im Körper mehr – es schwand die Lebenskraft
dahin. – Ach, rief des Jammers Bote,
ein Schüler Aesculaps – hier ist's gethan,
das Uebel ist zu groß. – Zwar half der Mann,
so gut er konnt' – und Cordiale,
Decoct und Pillen, Minerale,
nichts ward gespart – allein umsonst verschrieb
er Medizin, Agathens Krankheit blieb.
Man ließ zur Ader – man clistirte –
vergebens. – Nun kann ich nichts weiter thun,
sprach er, strich seinen Bart und führte
sich plötzlich ab. – Ein and'rer folgt ihm nun,
der war nicht klüger, als der erste;
er sah der Krankheit wahren Grund nicht ein
und schrieb Character auf. Das Mehreste,

+

was er noch wissen mocht', war, im Latein
fast jedes Uebel zu benennen,
vielleicht auch, ohn' es selbst zu kennen. –
Ein dritter kam, sehr kunsterfahren,
sprach: *Recipe* den Lebensstamm, halt' ihn
recht fest, man lass' ihn ja nicht fahren,
und tu ihn dann – ihr wißt ja wohl – wohin –
bis ihr genug von seinen Säften
herausgezogen habt. Ihr werdet seh'n,
dies wird euch Ueberfluß von Kräften
verschaffen, und die Krankheit muß vergeh'n. –
Wär' Aesculap – wär' unter allen
den größten Aerzten einer wohl so klug?
Agathe ließ sich's gern gefallen,
zog Brustsaft aus dem Stamm – so viel genug,
man wiederholt' es, und Agathe
war bald geheilt. – Nach des Capitels Schluß
und nach der Nonnen bestem Rathe
ward unser Arzt dann Klostermedicus.

Nuditäten
Anonym

Der Domherr und die Magd.

Ein Domherr ward bestürzt, als er bemerkte,
daß seine Magd die Taille ganz verliert,

+

die Rundung sichtbar sich verstärkte,
und sie tagtäglich dicker wird.
Er stieß sie ganz im Stillen aus dem Dienste,
d'rauf bot sich ihm ein and'res Mädchen an,
sie war noch jung und hübsch, und unser Mann
fragt sie sogleich nach ihrer Wirthschaft Künste:
Könnt ihr die Küche gut verseh'n? –
Sehr wenig. – Waschen? – Nein. – Ihr trinkt vielleicht? –
Bisweilen, doch man merkt's nicht leicht. –
Doch Lesen, Schreiben werdet ihr versteh'n? –
Nein. – Was verlangt ihr? – Hundert Thaler. – Sachte!
Ihr seid bei meiner Treu' sehr fein;
so ungeschickt, als eine nur kann sein,
begehrt ihr den Gehalt – o sagt, wer machte
Euch denn so klug? – denn auch die besten müssen
mit zwanzig für das ganze Jahr
sich gnügen. – Gut! allein Sie müssen wissen,
mein Herr, ich bin auch unfruchtbar.

Nuditäten
Anonym

Der Irrthum.

Drei Herren aus verschied'nen Ländern,
aus Frankreich, aus Florenz und aus der Schweiz,
befanden sich im Wirthshaus, allerseits

+

etwas berauscht. – Nun war es nicht zu ändern,
sie mußten alle drei mit einem Bett sich gnügen,
denn eins war nur noch leer – man theilte sich darein –
das Mittel nahm der Schweizer ein,
und an den beiden Seiten liegen
die andern. In der Nacht stößt den Franzosen
der Schweizer fast zum Bett heraus. –
Nicht seine Schuld, denn er ward selbst gestoßen. –
So lieg' doch still, rief jener aus,
ich kann mich länger kaum erhalten. –
Sprecht nicht so laut, der Narr, mein Nachbar, hier,
mag wohl für seine Frau mich halten;
er hat im Traum jetzt seine Lust mit mir,
ich lass' ihn seine Possen machen,
er wird dadurch in seinem Wahn bestärkt; –
wie wollen wir am Morgen beide lachen,
wenn er dann seinen Irrthum merkt.

Nuditäten
Anonym

Das garstige Ding.

Die Schwester eines Pfarrers, fromm und züchtig,
besorgte die Oekonomie
für ihren Bruder. – Einst ging sie

+

zu Markt, und sah – zwar anfangs flüchtig,
doch lüstern bald, mit unverwandtem Aug' –
dort einen Gegenstand, der sie frappirte,
und dies war – eine Wurst – so schön geformt, daß auch
die Tugend selbst ein Blick darauf verführte. –
Sie sah sich um, ob Niemand es bemerkte,
berührte dann mit einem Finger sie –
die Scham stritt mit der Phantasie,
allein der Reiz der Wurst verstärkte
den Appetit nur immer mehr und mehr.
Wenn sie nur etwas kleiner wär',
sprach sie zu sich, ich muß mich schämen,
ein solches Ding nur in die Hand zu nehmen,
doch hätt' ich sie so gern. Was war zu thun?
Sie nahte sich mit zweifelhaftem Schritte,
nahm's Schnupftuch in die Hand, und nun
packt sie sie muthig in der Mitte.
Sie wagte nicht, die Augen aufzuschlagen,
gab dem Verkäufer einen Wink,
und frug mit Zittern und mit Zagen:
wie theuer gebt Ihr denn das garst'ge Ding?

Nuditäten
Anonym

Die beiden Ratten.

In jener alten Zeit, wo noch die Thiere sprachen,
wo noch manch Mädchen fleißig spann,
hat sich die folgende Geschichte zugetragen,
die man auf's Wort nicht glauben kann. –
Ein junges Bäckerweibchen machte
des Abends ihren Teig – es hüpft ein Floh herbei,
der blutbegier'ge Bös'wicht brachte
ihr einen Stich an jenem Orte bei,
aus dem – wie Bruder Lucas wollte,
und wie er es dem Mädchen auch versprach –
ein Papst zum Vorschein kommen sollte. –
Die Bäckerin, nicht faul, ließ eh'r nicht nach –
bis sie ihn fand, und – knicks den Hals ihm brach.
Sie legte sich zu Bett, doch von dem Teige,
der an den Händen kleben blieb,
war an dem Rand des Orts, den ich verschweige,
als sie den Floh daraus vertrieb,
die Spur geblieben, und zwei Ratten
mit feinen Näschen, die dies herrliche Gericht
von weitem schon gerochen hatten,
versäumten diese Mahlzeit nicht.
Sie schlichen sich in's Bett und jede hielte
sich brav dazu. – Der Mann der Bäckerin,
der seinen Teig jetzt aufgegangen fühlte,

+

macht sich bereit, um in den Ofen ihn
zu schieben. – Als die beiden Ratten hörten,
daß er sich regt, stürzt eine, ganz betäubt
von Furcht, zuerst hinein; die andre bleibt
nur noch dabei – und Angst und Schrecken mehrten
sich jeden Augenblick. – Nach dem, was er gethan,
legt sich der Mann nun wieder auf die Seite. –
Zu der Gefangnen großen Freude,
die, als sie sich in Freiheit sahn,
sogleich hin auf den Boden eilten,
der eigentlich ihr Wohnsitz war –
wo sie, entgangen der Gefahr,
von jedem Umstand Nachricht sich ertheilten. –
Mir ist's gar sonderbar ergangen, – sagte
die erste dann – durch eine Oeffnung kroch
ich wo hinein, – ich weiß nicht, welch ein Loch
das war, – versteckte mich und dachte
mich sicher da – doch der verdammte Kerl
von Bäcker stieß ganz über alle Maßen –
wer weiß womit – es war ein dicker Querl –
auf mich hinein, und war so ausgelassen,
daß, wenn er mir ein wenig Raum jetzt ließ,
ihm zu entfliehen und ich's wagte,
er desto härter auf mich stieß,
und mir gewalt'ge Schmerzen machte;

+

mein armes Näschen fühlt's mehr als zu sehr –
der Narr ward endlich doch der Possen müde,
das lange Ding zog ab und ließ mir Friede,
doch dies geschah nicht eh'r, bis es vorher
verächtlich in's Gesicht mir spuckte;
ich ward fast blind, doch nun entwischt' auch ich. –
Ich, sprach die andre dann, war ganz bestürzt und duckte
im Winkel eines Schenkels mich.
Ich hielt mich da ganz still, und sah dem tollen Spiele,
von dem du sagst, sehr ungeduldig zu,
denn während er mit seinem langen Stiele
dich so zermalmt', hatt' ich auch keine Ruh'.
Zwei Kugeln hatt' er dicht am Hintern,
die wackelten stets hin und her,
zerstießen mir – ich konnt' es nicht verhindern –
mein Näschen auch nicht weniger.

Gotthold
Ephraim
Lessing

Der über uns.

Hans Steffen stieg bei Dämmerung (und kaum
Konnt' er vor Näschigkeit die Dämmerung erwarten)
In seines Edelmannes Garten,
Und plünderte den besten Apfelbaum.

+

Johann und Hanne konnten kaum
Vor Liebesglut die Dämmerung erwarten
Und schlichen sich in eben diesem Garten
Von ungefähr an eben diesen Apfelbaum.

Hans Steffen, der im Winkel oben saß
Und fleißig brach und aß,
Ward mäuschenstill vor Wartung böser Dinge,
Daß seine Näscherei ihm diesmal schlecht gelinge.
Doch bald vernahm er unten Dinge,
Worüber er der Furcht vergaß
Und immer sachte weiter aß.

Johann warf Hannen in das Gras.
«O pfui», rief Hanne, «welcher Spaß!
Nicht doch, Johann! – Ei was?
O, schäme dich! – Ein andermal – o laß –
O, schäme dich! – Hier ist es naß.» – –
«Naß oder nicht; was schadet das?
Es ist ja reines Gras.» –

Wie dies Gespräche weiter lief,
Das weiß ich nicht. Wer braucht's zu wissen?
Sie stunden wieder auf, und Hanne seufzte tief:
«So, schöner Herr! heißt das blos küssen?
Das Männerherz! Kein einz'ger hat Gewissen!
Sie könnten es uns so versüßen!

+

Wie grausam aber müssen
Wir armen Mädchen öfters dafür büßen!
Wenn nun auch mir ein Unglück widerfährt –
Ein Kind – ich zittre! – Wer ernährt
Mir dann das Kind? Kannst du es mir ernähren?»
«Ich?», sprach Johann, «die Zeit mag's lehren.
Doch wird's auch nicht von mir ernährt,
Der über uns wird's schon ernähren.
Dem über uns vertrau!»

Dem über uns! Dies hörte Steffen.
Was, dacht' er, will das Pack mich äffen?
Der über ihnen? Ei, wie schlau;
«Nein!», schrie er; «laßt Euch andre Hoffnung laben!
Der über Euch ist nicht so toll!
Wenn ich ein Bankbein nähren soll:
So will ich es auch selbst gedrechselt haben!»

Wer hier erschrak und aus dem Garten rann,
Das waren Hanne und Johann.
Doch gaben bei dem Edelmann
Sie auch den Apfeldieb wohl an?
Ich glaube nicht, daß sie's gethan.

Aloys
Blumauer

Amor's Waffen

Traut, Mädchen, Amor'n nicht, er zieht
Zwar auf als wie ein Krieger;
Doch wenn man näher ihn besieht,
Ist er nur ein Betrüger.

An seinen Waffen, die er führt,
Hat manche sich betrogen:
Zu einer Angelruthe wird
Nur allzuleicht sein Bogen.

Der Köcher, den ihr gern begafft,
Ist nichts als eine Falle
Für's liebe Mäuschen Jungfrauschaft,
Darin fängt er euch alle.

Und wie, wenn man den Teufel bannt,
Das Gold wird oft zu Kohlen,
So wird der Pfeil in Amor's Hand
Zu Dolchen und Pistolen.

Rupft ihr ihm dann die Flügel aus,
So will ich mit euch wetten,
Es werden eitel Flaumen d'raus
Für euch zu Federbetten.

Und aus der Binde des Gesicht's,
Die Venus ihm geliehen,
+

Wird sicherlich am Ende nichts
Als Windeln – und Charpien.

Aloys
Blumauer

Stutzerlied

Närrchen, sey nicht spröde,
Komm, und küsse mich!
Jünger, warst du blöde,
Aelter, zierst du dich.

Wisse, nur ein Weilchen
Sind die Mädchen schön,
Müssen, wie die Veilchen,
Welken und vergeh'n.

Jetzt nur sind, wie Seide,
Deine Händchen weich;
Aber bald sind beide
Deinem Handschuh gleich.

Jetzt nur zeigt dein Schmunzeln
Holde Grübchen mir:
Bald umziehen Runzeln
Mund und Wange dir.

+

Jetzt nur, kleines Närrchen,
Ist dein Busen voll,
Und in wenig Jährchen
Ist er schlapp und hohl.

Jetzt nur sieht dein Leibchen
Zirkelförmig aus;
Bist du einst ein Weibchen,
Wird ein Viereck d'raus.

Deine Augen funkeln
Jetzt nur, weißt du das?
Wisse, bald verdunkeln
Sie, wie trübes Glas.

Jetzt nur dir zu Füssen
Siehst du Herrchen fleh'n;
Aelter wirst du müssen
Liebebetteln geh'n.

Jetzo gieb, und labe
Freundlich jeden Gast,
Spar' nicht deine Habe,
Bis du nichts mehr hast.

Küsse, weil dein Mündchen
Roth und küßlich ist;
Denk', es kommt ein Stündchen,
Wo dir's Niemand küßt.

Aloys Blumauer
zugeschrieben

Es vögelt was da lebt
Und in den Lüften schwebt,
Es fuchst die ganze Welt,
Dem Mädchen von 12 Jahren
Mit ihren Stoppelhaaren
Der Fuchsschwanz schon gefällt.

Was machen nicht für Spielchen
Die Hasen und Kaninchen?
Wie buhlt der Sperling nicht?
Der Elephant von hinten
Weiß auch sein Loch zu finden.
Der Kater braucht kein Licht.

Zeus mit den Donnerkeulen
Vertreibt sich auch zuweilen
Mit vögeln seine Zeit,
Da muß sich Juno legen
Und er steckt seinen Degen
Hinein in ihre Scheid.

Pluto der Höllenrichter
Der schneid' erst recht G'sichter
Wenn er zum Vögeln schreitet.
Er reit die alten Parzen
Zusammen, daß sie farzen,
Macht ihre Löcher weit.

+

Neptunus in den Wellen
Such auch bisweilen Quellen
Wo rother König fließt.
Da gibt es Wassernixen,
Die reichen ihre Büchsen
Ihm, daß er sie verschließt.

Mercur der Götterbote
Ist auch von solchem Schrote.
Wenn er verreisen soll,
Besucht er jede Nymphe
Und gibt ihr wack're Trümpfe,
Spritzt ihre Votzen voll.

Vulcanos in der Kammer
Mit seinem großen Hammer
Kommt endlich auch zum Tanz,
Sein Schwanz wenn er geschwollen
Misst mehr als 15 Zollen,
Ein auserles'ner Schwanz.

Orpheus, wenn er die Liebe
Und ihre sanften Triebe
Auf seiner Leier spielt,
Spritzt ihr so ganz begeistert
In's Hemdchen, daß es kleistert,
Daß sie ganz warm es fühlt.

+

Apollo wollt Minerven
Die Votze nicht entnerven,
Er fuchste sie durch Flor
Et a la mode de france
Fuchst er nach der ladence
Das ganze Musenchor.

Cupid der lose kleine
Nahm Venus bei dem Beine,
Sein Schwänzchen war ihm hart.
In aller Götter Namen
Ihr spritzed er den Saamen
In ihren Votzenbart.

Diana wenn sie jaget
Und ihr die Büchs' versaget
Lässt alles Schießen sein,
Entblößet ihre Lenden
Und steckt mit beiden Händen
Des Waldgotts Schwanz hinein.

Selbst Mars wenn er erhitzet,
Mit Feindesblut bespritzet,
Zeigt Frau Bellunen doch
Auf den Carthaunen Stücken
Legt er sie auf den Rücken,
Vernagelt ihr das Loch.

+

Und die Dächse und die Füchse
Die vögeln sich und büchsen,
Einaander ohne Ziel,
So treiben auch die Pfaffen
Wie auch die reichen Grafen
Mit Mädchen dieses Spiel.

Ihr Nonnen und ihr Pfaffen
Ihr müßt beisammen schlafen
Lasst Messe Messe sein,
Hört ihr die Vesper läuten
Legt die Vesper auf die Seiten
Und steckt ihn tief hinein.

Hocherotik

Wenn lüstern Mund und Augenpaar Zum Lustgenusse laden

Christoph Martin Wieland

Nadine

Eine Erzählung in Priors Manier

«Nadine, komm, und misch in deinen Kuß
Den Zauberton, der Philomelens gleichet,
Indes die Nacht mit unbemerktem Fuß
Den jungen Tag in Florens Arm beschleichet.

Ein Augenblick wird schon zu teur versäumt;
Sie fliehn, sie fliehn mit Flügeln an den Füßen,
Die Stunden fliehn, die unter unsern Küssen
Ein Quincika am Quell der Lust verträumt.

Hat meinen letzten Hauch dein Mund einst aufgeküßt,
Was folget uns ins öde Reich der Schatten?
Ach! die Erinnerung was wir genossen hatten
Ist mehr vielleicht als dann uns übrig ist.»

So spricht Amynt, und drückt, indem er's spricht,
An ihren Schwanenhals sein glühendes Gesicht,
Und fühlt, vom Arm der Liebe sanft umwunden,
Den ganzen Wert der eilenden Sekunden.

Mit Augen, wo die Traurigkeit
In süße Wollust schmilzt, verschämt, doch hingerissen
Von eurer Macht, Natur und Zärtlichkeit,
Entwindt sie lässig nur sich seinen heißen Küssen.

+

Die schlaue Nacht zieht jüngferlich bescheiden
Ein Wölkchen, wie vom dünnsten Silberflor,
Dem Seitenblick der spröden Luna vor;
Ein Rosenbusch wächst schnell um sie empor,
Und ungesehn umflattert sie ein Chor
Von *Liebesgöttern* und von *Freuden.*

Nur Einer aus der kleinen Schar
Ein junger *Scherz,* von dreisterem Geschlechte,
Den eine *Grazie* dem schönsten *Faun* gebar,
Setzt schalkhaft auf dem braunen Haar
An deiner Stirn, Nadine, sich zurechte.

Amynt wird ihn zuletzt gewahr,
Und will den losen Gaukler fangen;
Allein der Scherz, der leicht von Füßen war,
Entschlüpft, und flieht in eins der Grübchen ihrer
Wangen.

Auch hier verfolget ihn Amynt.
Nun, denkt er, soll mir's doch in ihren Lippen glücken!
Ja! wäre nicht sein Gegner schnell besinnt
Den kleinen Gott mit Küssen zu ersticken.

Er zappelt, wie ein junger Aal
Im feuchten Netz, und schlägt und sträubt sich mit den
Flügeln,
+

Bis zwischen sanft erhabnen Hügeln
Von warmem Schnee ein dämmernd Rosental
Sich ihm entdeckt. – Er glitscht an einer Leiter
Von Bändern unvermerkt herab.
Umsonst! Der Mund, der keine Rast ihm gab,
Folgt ihm durch Berg und Tal, und treibt ihn immer
weiter.

Wohin, o Venus, soll er fliehn?
Wo kann er zu entrinnen hoffen?
Wie soll er sich der Schmach, erhascht zu sein,
entziehn?
Wo ist noch eine Zuflucht offen?

So wie ein Reh, vom frühen Horn erweckt,
Mit raschem Lauf, der kaum das Gras berühret,
Von Bergen flieht, dann steht, die Ohren reckt,
Dann schneller eilt, vom Nachhall fortgeschreckt,
Und sich zuletzt in einen Hain verlieret,
Wo krauser Büsche Nacht ihm seinen Feind versteckt:

So eilt der schlaue *Scherz,* ganz atemlos vor Schrecken,
So leis er kann in eine Freistatt sich,
Wo ihn sein Jäger sicherlich
Nicht suchen werde, zu verstecken.

Der Flüchtling glaubt, in Paphos tiefstem Hain,
Wo, unentdeckt sogar bei Sonnenschein,

+

Sich Amor oft an Spröden schon gerochen,
Glaubt in Cytherens Heiligtum,
In Dädals Labyrinth, ja im Elysium
Nicht sicherer zu sein als wo er sich verkrochen.

Allein der Liebesgötter Schar
Die, Bienen gleich, doch unsichtbar,
In Trauben an Nadinens Wangen,
An ihrem Rosenmund, an ihrem Busen hangen,
Bemerkten bald die reizende Gefahr,
Und schrien laut – als es zu späte war:
«Ach! Brüderchen, du bist gefangen!»

Christoph
Martin
Wieland
zugeschrieben

Ein Gärtchen, das wohl angelegt
Des Jahres zwölfmal Blüthe trägt
Und sich von selbst bewässert,
Mit rauhen Sträuchen eingefaßt,
Damit es nicht ein jeder Gast
In cognito vergrößert,
Darinnen möchte ich ganz allein
Jahr aus Jahr ein der Gärtner sein.

Johann
Wolfgang
von Goethe

Venezianische Epigramme

Gib mir statt «Der Sch ....» ein ander Wort, o Priapus,
Denn ich Deutscher, ich bin übel als Dichter geplagt.
Griechisch nennt ich dich φαλλος das klänge doch prächtig den Ohren,
Und lateinisch ist auch mentula leidlich ein Wort.
Mentula käme von mens, der Sch .... ist etwas von hinten,
Und nach hinten war mir niemals ein froher Genuß.

•

Zürnet nicht, ihr Frauen, daß wir das Mädchen bewundern:
Ihr genießet des Nachts, was sie am Abend erregt.

•

Alles, was ihr wollt, ich bin euch wie immer gewärtig,
Freunde; doch leider! allein schlafen, ich halt es nicht aus.

•

«Hat dich Hymen geflohn? Hast du ihn gemieden?» – Was sag ich?
Hymen! köstlich ist er, aber zu ernsthaft für mich.
Aus dem Ehbett darf man nicht schwätzen, und Dichter sind schwatzhaft;
Freie Liebe, sie läßt frei uns die Zunge, den Mut.

•

Fürchte nicht, liebliches Mädchen, die Schlange, die dir begegnet!
Eva kannte sie schon; frage den Pfarrer, mein Kind.

•

Nackend willst du nicht neben mir liegen, du süße Geliebte,
Schamhaft hältst du dich noch mir im Gewande verhüllt.
Sag mir: begehr ich dein Kleid? begehr ich den lieblichen Körper?
Nun, die Scham ist ein Kleid! Zwischen Verliebten hinweg!

•

Lange sucht ich ein Weib mir, ich suchte, da fand ich nur Dirnen;
Endlich erhascht ich dich mir, Dirnchen, da fand ich ein Weib.

•

Knaben liebt ich wohl auch, doch lieber sind mir die Mädchen;
Hab ich als Mädchen sie satt, dient sie als Knabe mir noch.

•

Was ich am meisten besorge: Bettina wird immer geschickter,

+

Immer beweglicher wird jegliches Gliedchen an ihr;
Endlich bringt sie das Züngelchen noch ins zierliche F...,
Spielt mit dem artigen Selbst, achtet die Männer nicht viel.

•

«Kaffee wollen wir trinken, mein Fremder!» – Da meint sie branlieren;
Hab ich doch, Freunde, mit Recht immer den Kaffee gehaßt.

Johann Wolfgang von Goethe

Goethe Paralipomena zum Faust I

Satan rechts gewendet.

Euch giebt es zwey Dinge
So herrlich und groß:
Das glänzende Gold
Und der weibliche Schoos.
Das eine verschaffet,
Das andre verschlingt;
Drum glücklich wer beyde
Zusammen erringt!

Eine Stimme.

Was sagte der Herr denn? –
Entfernt von dem Orte,

+

Vernahm ich nicht deutlich
Die köstlichen Worte:
Mir bleibet noch dunkel
Die herrliche Spur!
Nicht seh' ich das Leben
Der tiefen Natur.

Satan lincks gewendet.
Für euch sind zwey Dinge
Von köstlichem Glanz:
Das leuchtende Gold
Und ein glänzender Schwanz.
Drum wißt euch, ihr Weiber,
Am Gold zu ergötzen,
Und mehr als das Gold
Noch die Schwänze zu schätzen.

Chor
Aufs Angesicht nieder
Am heiligen Ort!
O glücklich, wer nah steht,
Und höret das Wort!

Eine Stimme
Ich stehe von ferne
Und stutze die Ohren;
Doch hab' ich schon manches
Der Worte verlohren.
+

Wer sagt mir es deutlich,
Wer zeigt mir die Spur
Des ewigen Lebens
Der tiefsten Natur!

Mephistopheles zu einem jungen Mädchen.
Was weinst du art'ger, kleiner Schatz?
Die Thränen sind hier nicht am Platz.
Du wirst in dem Gedräng wohl gar zu arg
gestoßen?

Mädchen.
Ach nein! der Herr dort spricht so gar curios,
Von Gold und Schwanz, von Gold und Schoos,
Und alles freut sich wie es scheint;
Doch das verstehn wohl nur die Großen?

Meph.
Mein liebes Kind, nur nicht geweint!
Denn willst du wissen, was der Teufel meint,
So greife nur dem Nachbar in die Hosen.

Satan grad aus.
Ihr Mägdlein, ihr stehet
Hier grad in der Mitten;
Ich seh', ihr kommt alle
auf Bes'men geritten:
Seyd reinlich bei Tage
+

Und säuisch bei Nacht
So habt ihr's auf Erden
Am weitsten gebracht.

Goethe Parodie
von
Ignaz Franz
Castelli

Räthsel

Kennst Du das Bild auf zartem Grunde,
Zuweilen schmückts der Perlen Glanz,
Es spaltet sich gleich einer Wunde,
Und dennoch ist es frisch und ganz.
Im engen Raum ist's ausgeführet,
Ein sanftes Buschwerk faßt es ein,
Doch alle Größe, die dich rühret,
Kennst Du durch dieses Bild allein, –
Ihm gleicht an Werth kein Edelstein.

Es kann ganz leicht das Wasser halten
Und einen Boden hat's doch nicht,
Man sah Franzosen es entfalten
Von denen keiner fränkisch spricht.

Will Euch das nicht behagen,
Habt Ihr das Recht, gesittet pfui zu sagen.
Man darf das nicht vor keuschen Ohren nennen,
Was keusche Herzen nicht entbehren können.
Göthes[sic] Faust.

Schiller Parodie
Anonym

Das Mädchen aus der Fremde.

In der Stadt Wien am Stock im Eisen
Erschien, so oft es Abend war,
Mit einer Brust, um dreinzubeißen,
Ein Mädchen schön und wunderbar.

Sie war nicht in der Stadt geboren,
Man wußte nicht, woher sie kam,
Und schnell war ihre Spur verloren,
Sobald der Schub sie mit sich nahm.

Beseeligend war ihre Nähe,
Ihr Löchlein war noch gar nicht weit,
Sie brachte jeden in die Höhe,
Durch ihrer Hand Geschicklichkeit.

Sie brachte Chancre und Bubonen,
Gereift auf Welschlands schöner Flur,
So wie in Spaniens lichten Zonen,
Wo jedem gleich kommt die Natur.

Sie theilte jedem eine Gabe,
Dem Chancre, dem Bubonen aus,
Der Jüngling, wie der Greis am Stabe,
Ein jeder ging beschenkt nach Haus.

Venerisch wurden alle Gäste,
Doch nahte sich ein alter Narr,
+

Dem brachte sie der Gaben beste,
Die allerdickste Filzlaus dar.

Friedrich
Schiller

Kastraten und Männer

Ich bin ein Mann! – wer ist es mehr?
Wers sagen kann, der springe
Frei unter Gottes Sonn einher
Und hüpfe hoch und singe!

Zu Gottes schönem Ebenbild
Kann ich den *Stempel* zeigen,
Zum Born, woraus der Himmel quillt,
Darf ich hinunter steigen.

Und wohl mir, daß ichs darf und kann!
Gehts Mädchen mir vorüber,
Rufts laut in mir: Du bist ein Mann!
Und küsse sie so lieber.

Und röter wird das Mädchen dann,
Und's Mieder wird ihr enge –
Das Mädchen weiß, ich bin ein Mann,
Drum wird ihr 's Mieder enge.

+

Wie wird sie erst um Gnade schrein,
Ertapp ich sie im Bade?
Ich bin ein Mann, das fällt ihr ein,
Wie schrie sie sonst um Gnade?

Ich bin ein Mann, mit diesem Wort,
Begegn' ich ihr alleine,
Jag ich des Kaisers Tochter fort,
So lumpicht ich erscheine.

Und dieses goldne Wörtchen macht
Mir manche Fürstin holde,
Mich ruft sie – habt indessen Wacht,
Ihr Buben dort im Golde!

Ich bin ein Mann, das könnt ihr schon
An meiner Leier riechen,
Sie donnert wie im Sturm davon,
Sonst würde sie ja kriechen.

Zum Feuergeist im Rückenmark
Sagt meine Mannheit: Bruder.
Und herrschen beide löwenstark
Umarmend an dem Ruder.

Aus eben diesem Schöpferfluß,
Woraus wir Menschen sprudeln;
+

Quillt Götterkraft und Genius,
Nur leere Pfeifen dudeln.

Tyrannen haßt mein *Talisman*
Und schmettert sie zu Boden,
Und kann ers nicht, führt er die Bahn
Freiwillig zu den Toten.

Pompejen hat mein Talisman
Bei Pharsalus bezwungen,
Roms Wollüstlinge Mann für Mann
Auf teutschen Sand gerungen.

Saht ihr den Römer stolz und kraus
In Afrika dort sitzen?
Sein Aug speit Feuerflammen aus
Als säht ihr Hekla blitzen.

Da kommt ein Bube wohlgemut,
Gibt manches zu verstehen –
«Sprich, du hättst auf Karthagos Schutt
Den Marius gesehen!» –

So spricht der stolze Römersmann,
Der Bub tät fürbaß eilen;
Das dankt der stolze Römersmann,
Das dankt er seinen *Pfeilen!*

+

Drauf täten seine Enkel sich
Ihr Erbteil gar abdrehen,
Und huben jedermänniglich
Anmutig an zu krähen. –

O Pfui und Pfui und wieder Pfui
Den Elenden! – sie haben
Verlüderlicht in *einem* Hui
Des Himmels beste Gaben,

Dem lieben Herrgott sündiglich
Sein Konterfei verhunzet
Und in die Menschheit schweiniglich
Von diesem Nu gegrunzet,

Und schlendern elend durch die Welt,
Wie Kürbisse von Buben
Zu Menschenköpfen ausgehöhlt,
Die Schädel leere Stuben!

Wie Wein, von einem Chemikus
Durch die Retort' getrieben:
Zum Teufel ist der Spiritus,
Das Phlegma ist geblieben.

Und fliehen jedes Weibsgesicht,
Und zittern, es zu sehen, –
+

Und dörften sie – und können nicht!
Da möchten sie vergehen! –

Und wenn das blonde Seidenhaar,
Und wenn die Kugelwaden,
Wenn lüstern Mund und Augenpaar
Zum Lustgenusse laden,

Und zehenmal das Halstuch fällt,
Und aus den losen Schlingen,
Halbkugeln einer bessern Welt,
Die vollen Brüste springen, –

Führt gar der höllsche Schadenfroh
Sie hin, wo Nymphen baden,
Daß ihre Herzen lichterloh
Von diebschen Flammen braten,

Wo ihrem Blick der Spiegelfluß
Elysium entziffert,
Arkana, die kein Genius
Dem Aug je bloß geliefert,

Und Ja! die tollen Wünsche schrein,
Und *Nein!* die Sinne brummen –
+

O Tantal! stell dein Murren ein!
Du bist noch gut durchkommen! –

Kein kühler Tropfen in den Brand!
Das heiß ich auch beteufeln!
Gefühl ist ihnen Kontreband,
Sonst müssen sie verzweifeln!

Drum fliehn sie jeden Ehrenmann,
Sein Glück wird sie betrüben –
Wer keinen Menschen machen kann,
Der kann auch keinen lieben.

Drum tret ich frei und stolz einher
Und brüste mich und singe:
Ich bin ein Mann! – Wer ist es mehr?
Der hüpfe hoch und springe.

Gottfried August Bürger

Männerkeuschheit

Wer nie in schnöder Wollust Schoß
Die Fülle der Gesundheit goß,
Dem steht ein stolzes Wort wohl an,
Das Heldenwort: Ich bin ein Mann!

+

Denn er gedeiht und sproßt empor,
Wie auf der Wies' ein schlankes Rohr;
Und lebt und webt, der Gottheit voll,
An Kraft und Schönheit ein Apoll.

Die Götterkraft, die ihn durchfleußt,
Beflügelt seinen Feuergeist,
Und treibt, aus kalter Dämmerung,
Gen Himmel seinen Adlerschwung.

Dort taucht er sich in's Sonnenmeer,
Und Klarheit strömet um ihn her.
Dann wandelt sein erhellter Sinn
Durch alle Schöpfung Gottes hin.

Und er durchspäht, und wägt, und mißt,
Was schön, was groß und herrlich ist,
Und stellt es dar in Red' und Sang,
Voll Harmonie, wie Himmelsklang.

O schaut, wie er voll Majestät,
Ein Gott, daher auf Erden geht!
Er geht und steht in Herrlichkeit,
Und fleht um nichts; denn er gebeut.

Sein Auge funkelt dunkelhell,
Wie ein krystallner Schattenquell.
+

Sein Antlitz strahlt, wie Morgenrot;
Auf Nas' und Stirn herrscht Machtgebot.

Das Machtgebot, daß d'rauf regiert,
Wird hui! durch seinen Arm vollführt.
Denn der schnellt aus, wie Federstahl;
Sein Schwerthieb ist ein Wetterstrahl.

Das Roß fühlt seines Schenkels Macht,
Der nimmer wanket, nimmer kracht.
Er zwängt das Roß, vom Zwang' entwöhnt,
Er zwängt das Roß, und horch! es stöhnt.

Er geht und steht in Herrlichkeit,
Und fleht um nichts; denn er gebeut:
Und dennoch schaut, wo er sich zeigt,
O schaut, wie ihm sich alles neigt!

Die edelsten der Jungfrau'n blühn,
Sie blühn und duften nur für ihn.
O Glückliche, die er erkiest!
O Selige, die sein genießt!

Die Fülle seines Lebens glänzt,
Wie Wein, von Rosen rund umkränzt.
Sein glücklich Weib, an seiner Brust,
Berauscht sich d'raus zu Lieb' und Lust.

+

Frohlockend blickt sie rund umher:
«Wo sind der Männer mehr, wie Er?»
Fleuch, Zärtling, fleuch! Sie spottet dein.
Nur Er nimmt Bett' und Busen ein.

Die steht und fodert auf umher:
«Wo ist, wo ist ein Mann, wie Er?»
Sie, ihm allein getreu und hold,
Erkauft kein Fürst mit Ehr' und Gold.

Wie, wann der Lenz die Erd' umfäht,
Und sie mit Blumen schwanger geht:
So segnet Gott durch ihn sein Weib,
Und Blumen trägt ihr edler Leib.

Die alle blüh'n, wie Sie und Er,
Sie blüh'n und duften um ihn her,
Und wachsen auf, ein Zedernwald,
Voll Vaterkraft und Wohlgestalt. –

So glänzt der Lohn, den der genießt,
So das Geschlecht, das dem entsprießt,
Der nie in schnöder Wollust Schoß
Die Fülle der Gesundheit goß.

Gottfried August Bürger
Sonnett

Naturrecht

Von Blum' und Frucht, so die Natur erschafft,
Darf ich zur Lust, wie zum Bedürfnis, pflücken.
Ich darf getrost nach allem Schönen blicken,
Und atmen darf ich jeder Würze Kraft.

Ich darf die Traub', ich darf der Biene Saft,
Des Schafes Milch in meine Schale drücken.
Mir front der Stier; mir beut das Roß den Rücken;
Der Seidenwurm spinnt Atlas mir und Taft.

Es darf das Lied der holden Nachtigallen
Mich, hingestreckt auf Flaumen oder Moos,
Wohl in den Schlaf, wohl aus dem Schlafe hallen.

Was wehrt es denn mir Menschensatzung, bloß
Aus blödem Wahn, in Molly's Wonneschoß,
Von Lieb' und Lust bezwungen, hinzufallen?

Gottfried August Bürger

An die Feinde des Priaps

Es knallet alles was lebet,
Was in den Lüften schwebet,
Es knallt die ganze Welt;
+

Ein Mädchen von zwölf Jahren,
Mit zwanzig Stoppelhaaren,
Der Fuchsschwanz schon gefällt.

Was machen nicht für Mienen
Die Hasen und Kaninchen,
Was tut der Sperling nicht?
Der Hengst macht junge Füllen,
Der Boll hat seinen Willen,
Wenn ihn der Kitzel sticht.

Der Elefant von hinten
Weiß auch das Loch zu finden,
Der Kater braucht kein Licht;
Der Bär bohrt seine Frau
Mit Lust wohl in den Rauh,
Warum denn Menschen nicht?

Selbst Juno mußte lachen,
Als Jupiter wollt machen
Ihr einen dicken Bauch;
Doch läßt sie sich's gefallen
Und läßt sich tapfer knallen
Bei einem Rosenstrauch.

Diana, müd vom Jagen,
Läßt sich den Spieß behagen,
+

Sie steckt ihn selbst hinein.
Doch wer will ihr gefallen,
Der muß dabei vor allen
Recht wohl beschlagen sein.

Merkur, der Götterbote!
Ist auch von solchem Schrote,
Wenn er ausfliegen soll,
Besucht er jede Nymphe
Und gibt ihr wackre Trümpfe,
Spritzt ihr die Büchse voll.

Auch Cupido, der Kleine,
Greift Venus zwischen die Beine,
Sein Schwänzchen wird ihm hart;
Er spritzt den edlen Samen,
In aller Götter Namen,
Der Mutter in den Bart.

Vulkan, in seiner Kammer,
Mit seinem Schmiedehammer,
Muß auch mit an den Tanz;
Sein Schwanz, wenn er geschwollen,
Hält fünfundzwanzig Zollen,
O auserlesner Schwanz!

Charon, beim Überfahren,
Fuchst alles rauch von Haaren,
+

Schont auch die Votzen nicht;
Pluto fuchst Proserpinen,
Und Luchse fuchst Luchsinnen,
Warum denn Menschen nicht?

Ihr Nonnen und ihr Pfaffen!
Ihr sollt beisammen schlafen,
Laßt Messe Messe sein;
So oft die Glocken läuten,
So oft sollt ihr euch reiten,
Steckt ihn fein tief hinein.

Bemerket diese Worte,
Ihr Jungfern aller Orte,
Hört meine Lehren doch;
Verlaßt die samtnen Dinger
Und steckt statt eurem Finger
Den rechten Schwanz ins Loch.

Johann Gottfried Seume

Der Zweifel

Mich deucht, Susanne, deine Tugend
War doch wohl nicht so schrecklich auf der Probe,
Als man von dir zum übertriebenen Lobe
+

Jetzt unsrer lieben Jugend
Im hohen Ton zu melden pflegt.
Die grämlichen Gesichter fortzujagen,
Die so unüberlegt
Sich hin zu dir ans Badeörtchen wagen,
Dazu wird man doch wohl nicht Wunder sagen.
Wenn aber nun ein junger Mann,
Schön wie die Kunst ihn bilden kann,
Schlank wie die Zeder von dem Libanon,
Im Blicke Geist und Harmonie im Ton,
Verführerisch wie Davids Sohn,
Dich glühend angebetet hätte,
Und, hinter einem Rosenstrauch versteckt,
Die schöne Baderin entdeckt
Und auf des Lenzes Blumenbette
Dich, halb gekleidet, dann um Gnade
Recht rührend angeflehet hätte,
Und zwar allein;
Und hätte dann dein liebes, weiches Herz
Des zauberischen Jünglings Schmerz
Mit jedem Pulsschlag heißer mitempfunden,
Und du hättest dann dich losgewunden,
Und zwar allein,
Und bei dem süßen Flehen
Es noch gewagt zu schrein –
Und zwar allein;
Dann möchte noch die Probe gehen.

Novalis
Ballade

Ich weiß nicht was

Jüngst als Lisettchen im Fenster saß,
Da kam Herr Filidor
Und küßte sie,
Umschlang ihr weiches, weißes Knie;
Und sagt ihr was ins Ohr,
Ich weiß nicht was.

Dann gingen beide fort, er und sie,
Und lagerten sich hier,
Im hohen Gras
Und triebens frei in Scherz und Spaß;
Er spielte viel mit ihr,
Ich weiß nicht wie.

Zum Spiele hatt er viel Genie,
Er triebs gar mancherlei,
Bald so, bald so,
Da wars das gute Mädel froh,
Doch seufzte sie dabei,
Ich weiß nicht wie?

Das Ding behagt dem Herren baß
Oft gings da capo an?
Doch hieß es drauf,
Nach manchem, manchem Mondenlauf,
Er hab ihr was getan;
Ich weiß nicht was.

Hocherotik

Die Flaschen sind leer,
das Frühstück war gut,
Die Dämchen
sind rosig erhitzet

Eduard Mörike

Erstes Liebeslied eines Mädchens

Was im Netze? Schau einmal!
Aber ich bin bange;
Greif ich einen süßen Aal?
Greif ich eine Schlange?

Lieb ist blinde
Fischerin;
Sagt dem Kinde,
Wo greift's hin?

Schon schnellt mirs in Händen!
Ach Jammer! o Lust!
Mit Schmiegen und Wenden
Mir schlüpft's an die Brust.

Es beißt sich, o Wunder!
Mir keck durch die Haut,
Schießt's Herze hinunter!
O Liebe, mir graut!

Was tun, was beginnen?
Das schaurige Ding,
Es schnalzet da drinnen,
Es legt sich im Ring.

+

Gift muss ich haben!
Hier schleicht es herum,
Tut wonniglich graben
und bringt mich noch um!

Franz
Grillparzer

Kuss

Auf die Hände küsst die Achtung,
Freundschaft auf die offne Stirne,
Auf die Wange Wohlgefallen,
Selge Liebe auf den Mund;
Aufs geschlossne Aug die Sehnsucht,
In die hohle Hand Verlangen,
Arm und Nacken die Begierde,
Überall sonst hin Raserei.

Heinrich
Heine

Ich halte ihr die Augen zu
Und küß sie auf den Mund;
Nun läßt sie mich nicht mehr in Ruh,
Sie fragt mich um den Grund.

+

Von Abend spät bis Morgens fruh,
Sie fragt zu jeder Stund:
Was hältst du mir die Augen zu,
Wenn du mir küßt den Mund?

Ich sag ihr nicht, weshalb ichs tu,
Weiß selber nicht den Grund –
Ich halte ihr die Augen zu
Und küß sie auf den Mund.

Heinrich Heine

Ich mache die kleinen Lieder
Der Herzallerliebsten mein,
Die heben ihr klingend Gefieder
Und fliegen zu dir hinein.

Es stammen die kleinen Jungen
Vom schnalzenden Herrn Gemahl,
Die kommen zu dir gesprungen
Über Wiese, Busch und Tal.

Die Leute so gerne weilen
Bei meiner Lieder Chor;
Doch bei der Jungen Heulen
Sie halten sich zu das Ohr.

+

Und der dies Lied gesungen,
Der liegt allein in der Nacht
Und hätte weit lieber die Jungen,
Ach, als die Lieder gemacht!

Heinrich Heine

Citronia

Das war in jener Kinderzeit,
Als ich noch trug ein Flügelkleid
Und in die Kinderschule ging,
Wo ich das Abc anfing –
Ich war das einzge kleine Bübchen
In jenem Vogelkäfigstübchen,
Ein Dutzend Mädchen allerliebst
Wie Vöglein haben dort gepiepst,
Gezwitschert und getiriliert,
Auch ganz erbärmlich buchstabiert.
Frau Hindermans im Lehnstuhl saß,
Die Brille auf der langen Nas
(Ein Eulenschnabel wars vielmehr),
Das Köpflein wackelnd hin und her,
Und in der Hand die Birkenrut,
Womit sie schlug die kleine Brut,
Das weinend kleine arme Ding,

+

Das harmlos einen Fehl beging
Das Röcklein wurde aufgehoben
Nach hinten, und die kleinen Globen,
Die dort sich wölben, rührend schön,
Manchmal wie Rosen anzusehn,
Manchmal wie Lilien, wie die gelben
Violen manchmal, ach! dieselben
Sie wurden von der alten Frau
Geschlagen, bis sie braun und blau!
Mißhandelt und beschimpft zu werden,
Das ist des Schönen Los auf Erden.

Citronia hab ich genannt
Das wunderbare Zauberland,
Das ich einst bei der Hindermans
Erblickt im goldnen Sonnenglanz –
Es war so zärtlich ideal,
Zitronenfarbig und oval,
So anmutvoll und freundlich mild
Und stolz empört zugleich – dein Bild,
Du erste Blüte meiner Minne!
Es kam mir niemals aus dem Sinne.
Das Kind ward Jüngling und jetzunder
Bin ich ein Mann sogar – o Wunder,
Der goldne Traum der Kinderzeit
Taucht wieder auf in Wirklichkeit!
+

Was ich gesucht die Kreuz und Quer,
Es wandelt leiblich vor mir her,
Ich hauche ein der holden Nähe
Gewürzten Odem – doch, o wehe!
Ein Vorhang von schwarzbrauner Seide
Raubt mir die süße Augenweide!
Der dumme Lappen, der so dünne
Wie das Gewebe einer Spinne,
Verhüllet mir die Gloria
Des Zauberlands Citronia!

Ich bin wie König Tantalus,
Mich lockt und neckt zugleich Genuß:
Der Trunk, wonach die Lippen dürsten.
Entgleitet mir wie jenem Fürsten;
Die Frucht, die ich genösse gern,
Sie ist mir nah und doch so fern!
Ein Fluch dem Wurme, welcher spann
Die Seide, und ein Fluch dem Mann,
Dem Weber, welcher wob den Taft,
Woraus der dunkle schauderhaft
Infame Vorhang ward gemacht,
Der mir verfinstert alle Pracht
Und allen goldnen Sonnenglanz
Citronias, des Zauberlands.

+

Manchmal mit toller Fieberglut
Faßt mich ein Wahnsinnsübermut.
O die verwünschte Scheidewand!
Es treibt mich dann, mit kecker Hand
Die seidne Hülle abzustreifen,
Nach meinem nackten Glück zu greifen.
Jedoch aus allerlei Rücksichten
Muß ich auf solche Tat verzichten.
Auch ist dergleichen Dreistigkeit
Nicht mehr im Geiste unsrer Zeit –
Es heiligt jetzt der Sitte Codex
Die Unantastbarkeit des Podex.

Heinrich Heine

Diese schönen Gliedermassen
Kolossaler Weiblichkeit
Sind jetzt, ohne Widerstreit,
Meinen Wünschen überlassen.

Wär ich, leidenschaftentzügelt,
Eigenkräftig ihr genaht,
Ich bereute solche Tat!
Ja, sie hätte mich geprügelt.

+

Welcher Busen, Hals und Kehle!
(Höher seh ich nicht genau.)
Eh ich ihr mich anvertrau,
Gott empfehl ich meine Seele.

Heinrich Heine

Ich liebe solche weiße Glieder,
Der zarten Seele schlanke Hülle,
Wildgroße Augen und die Stirne
Umwogt von schwarzer Lockenfülle!

Du bist so recht die rechte Sorte,
Die ich gesucht in allen Landen;
Auch meinen Wert hat Euresgleichen
So recht zu würdigen verstanden.

Du hast an mir den Mann gefunden,
Wie du ihn brauchst. Du wirst mich reichlich
Beglücken mit Gefühl und Küssen,
Und dann verraten, wie gebräuchlich.

Heinrich
Heine

In welche soll ich mich verlieben,
Da beide liebenswürdig sind?
Ein schönes Weib ist noch die Mutter,
Die Tochter ist ein schönes Kind.

Die weißen, unerfahrnen Glieder,
Sie sind so rührend anzusehn!
Doch reizend sind geniale Augen,
Die unsre Zärtlichkeit verstehn.

Es gleicht mein Herz dem grauen Freunde,
Der zwischen zwei Gebündel Heu
Nachsinnlich grübelt, welch von beiden
Das allerbeste Futter sei.

Heinrich
Heine

Glaube nicht, daß ich aus Dummheit
Dulde deine Teufeleien;
Glaub auch nicht, ich sei ein Herrgott,
Der gewohnt ist zu verzeihen.

Deine Nücken, deine Tücken
Hab ich freilich still ertragen.
Andre Leut an meinem Platze
Hätten längst dich tot geschlagen.

+

Schweres Kreuz! Gleichviel, ich schlepp es!
Wirst mich stets geduldig finden –
Wisse, Weib, daß ich dich liebe,
Um zu büßen meine Sünden.

Ja, du bist mein Fegefeuer,
Doch aus deinen schlimmen Armen
Wird geläutert mich erlösen
Gottes Gnade und Erbarmen.

Heinrich Heine

Ich kann es nicht vergessen,
Geliebtes, holdes Weib,
Daß ich dich einst besessen,
Die Seele und den Leib.

Den Leib möcht ich noch haben,
Den Leib so zart und jung;
Die Seele könnt ihr begraben,
Hab selber Seele genung.

Ich will meine Seele zerschneiden,
Und hauchen die Hälfte dir ein,
Und will dich umschlingen, wir müssen
Ganz Leib und Seele sein.

Heinrich Heine

Das Hohelied

Des Weibes Leib ist ein Gedicht,
Das Gott der Herr geschrieben
Ins große Stammbuch der Natur,
Als ihn der Geist getrieben.

Ja, günstig war die Stunde ihm,
Der Gott war hochbegeistert;
Er hat den spröden, rebellischen Stoff
Ganz künstlerisch bemeistert.

Fürwahr, der Leib des Weibes ist
Das Hohelied der Lieder;
Gar wunderbare Strophen sind
Die schlanken, weißen Glieder.

O welche göttliche Idee
Ist dieser Hals, der blanke,
Worauf sich wiegt der kleine Kopf,
Der lockige Hauptgedanke!

Der Brüstchen Rosenknospen sind
Epigrammatisch gefeilet;
Unsäglich entzückend ist die Zäsur,
Die streng den Busen teilet.

Den plastischen Schöpfer offenbart
Der Hüften Parallele;

+

Der Zwischensatz mit dem Feigenblatt
Ist auch eine schöne Stelle.

Das ist kein abstraktes Begriffspoem!
Das Lied hat Fleisch und Rippen,
Hat Hand und Fuß; es lacht und küßt
Mit schöngereimten Lippen.

Hier atmet wahre Poesie!
Anmut in jeder Wendung!
Und auf der Stirne trägt das Lied
Den Stempel der Vollendung.

Lobsingen will ich dir, O Herr,
Und dich im Staub anbeten!
Wir sind nur Stümper gegen dich,
Den himmlischen Poeten.

Versenken will ich mich, o Herr,
In deines Liedes Prächten;
Ich widme seinem Studium
Den Tag mitsamt den Nächten.

Ja, Tag und Nacht studier ich dran,
Will keine Zeit verlieren;
Die Beine werden mir so dünn –
Das kommt vom vielen Studieren.

Heinrich
Heine

Unsre Seelen bleiben freilich,
In platonischer Empfindung,
Fest vereinigt, unzerstörbar
Ist die geistige Verbindung.

Ja sogar im Trennungsfalle
Fänden sie doch leicht sich wieder;
Denn die Seelen haben Flügel,
Schnelles Schmetterlingsgefieder;

Und dabei sind sie unsterblich,
Und die Ewigkeit ist lange;
Und wer Zeit hat und wer suchet
Findet, was er auch verlange.

Doch den Leibern, armen Leibern,
Wird die Trennung sehr verderblich,
Haben keine Flügel, haben
Nur zwei Beine, und sind sterblich.

Das bedenke, schöne Kitty,
Sei vernünftig, klug und weise;
Bleib in Frankreich bis zum Frühling,
Bis ich mit nach England reise.

Heinrich
Heine

Es kommt der Lenz mit dem Hochzeitgeschenk,
Mit Jubel und Musizieren,
Das Bräutchen und den Bräutigam
Kommt er zu gratulieren.

Er bringt Jasmin und Röselein,
Und Veilchen und duftige Kräutchen,
Und Sellerie für den Bräutigam,
Und Spargel für das Bräutchen.

Heinrich
Heine

Es geht am End, es ist kein Zweifel,
Der Liebe Glut, sie geht zum Teufel.
Sind wir einmal von ihr befreit,
Beginnt für uns die beßre Zeit,
Das Glück der kühlen Häuslichkeit.
Der Mensch genießet dann die Welt,
Die immer lacht fürs liebe Geld.
Er speist vergnügt sein Leibgericht,
Und in den Nächten wälzt er nicht
Schlaflos sein Haupt, er ruhet warm
In seiner treuen Gattin Arm.

Heinrich
Heine

Himmlisch wars, wenn ich bezwang
Meine sündige Begier,
Aber wenns mir nicht gelang,
Hatt ich doch ein groß Pläsier.

Heinrich
Heine

Hast du vertrauten Umgang mit Damen,
Schweig, Freundchen, stille und nenne nie Namen:
Um ihrentwillen, wenn sie fein sind,
Um deinetwillen, wenn sie gemein sind.

Heinrich
Heine

Sie saßen in süßer Vereinigung
Und liebten sich ganz ätherisch;
Sie hatte ihre Reinigung,
Er aber war venerisch.

Heinrich
Heine

Ich habe verlacht, bei Tag und bei Nacht,
So Männer wie Frauenzimmer,
Ich habe große Dummheiten gemacht –
Die Klugheit bekam mir noch schlimmer.

+

Die Magd ward schwanger und gebar –
Wozu das viele Gewimmer?
Wer nie im Leben töricht war,
Ein Weiser war er nimmer.

Heinrich Heine

Ein Weib

Sie hatten sich beide so herzlich lieb,
Spitzbübin war sie, er war ein Dieb.
Wenn er Schelmenstreiche machte,
Sie warf sich aufs Bett und lachte.

Der Tag verging in Freud und Lust,
Des Nachts lag sie an seiner Brust.
Als man ins Gefängnis ihn brachte,
Sie stand am Fenster und lachte.

Er ließ ihr sagen: O komm zu mir,
Ich sehne mich so sehr nach dir,
Ich rufe nach dir, ich schmachte –
Sie schüttelt' das Haupt und lachte.

Um sechse des Morgens ward er gehenkt,
Um sieben ward er ins Grab gesenkt;
Sie aber schon um achte
Trank roten Wein und lachte.

Heinrich
Heine

Die Flaschen sind leer, das Frühstück war gut,
Die Dämchen sind rosig erhitzet;
Sie lüften das Mieder mit Übermut,
Ich glaube sie sind bespitzet.

Die Schulter wie weiß, die Brüstchen wie nett!
Mein Herz erbebet vor Schrecken.
Nun werfen sie lachend sich aufs Bett,
Und hüllen sich ein mit den Decken.

Sie ziehen nun gar die Gardinen vor,
Und schnarchen am End um die Wette,
Da steh ich im Zimmer, ein einsamer Tor,
Betrachte verlegen das Bette.

Heinrich
Heine

Ich sah sie lachen, sah sie lächeln,
Ich sah sie ganz zugrunde gehn;
Ich hört ihr Weinen und ihr Röcheln,
Und habe ruhig zugesehn.

Leidtragend folgt ich ihren Särgen,
Und bis zum Kirchhof ging ich mit;
Hernach, ich will es nicht verbergen,
Speist ich zu Mittag mit App'tit.

+

Doch jetzt auf einmal mit Betrübnis
Denk ich der längstverstorbnen Schar;
Wie lodernd plötzliche Verliebnis
Stürmt's auf im Herzen wunderbar!

Besonders sind es Julchens Tränen,
Die im Gedächtnis rinnen mir;
Die Wehmut wird zu wildem Sehnen,
Und Tag und Nacht ruf ich nach ihr! – –

Oft kommt zu mir die tote Blume
Im Fiebertraum; alsdann zumut'
Ist mir, als böte sie postume
Gewährung meiner Liebesglut.

O zärtliches Phantom, umschließe
Mich fest und fester, deinen Mund,
Drück ihn auf meinen Mund – versüße
Die Bitternis der letzten Stund'!

Heinrich
Heine

Jugend, die mir täglich schwindet,
Wird durch raschen Mut ersetzt,
Und mein kühnrer Arm umwindet
Noch viel schlankre Hüften jetzt.

+

Tat auch manche sehr erschrocken,
Hat sie doch sich bald gefügt;
Holder Zorn, verschämtes Stocken
Wird von Schmeichelei besiegt.

Doch, wenn ich den Sieg genieße,
Fehlt das Beste mir dabei.
Ist es die verschwundne, süße,
Blöde Jugendeselei?

Franz
Grillparzer

Cherubin

Wer bist du die in meines Herzens Tiefen,
die nie der Liebe Sonnenblick durchstrahlt,
mit unbekannter Zaubermacht gegriffen?
Wer bist du süße, reizende Gestalt?
Gefühle, die im Grund der Seele schliefen,
hast du geweckt mit magischer Gewalt;
gefesselt ist mein ganzes, tiefstes Wesen,
und Kraft und Wille fehlt das Band zu lösen!

Seh ich der Glieder zarte Fülle prangen,
entstellt durchs schöngeschmückte Knabenkleid
das süße Rot der schamgefärbten Wangen,
+

die blöde, knabenhafte Schüchternheit,
das dunkle erst erwachende Verlangen
das brennend wünscht, und zu begehren scheut,
den Flammenblick scheu in den Grund gegraben;
so scheinst du mir der reizendste der Knaben!

Doch seh ich dieses Busens Wallen wieder,
verräterisch durchs neid'sche Kleid gebläht,
des Nacken Silber, gleich des Schwans Gefieder,
vom weichen, seidnen Lockenhaar umweht,
hör ich den hellen Klang der Zauberlieder,
und was ein jeder Sinn noch leis erspäht,
horch ich des Herzens ahndungsvollen Tönen;
so nenn ich dich die Krone aller Schönen!

Schlicht diesen Streit von kämpfenden Gefühlen,
bezähme dieses siedend heiße Blut,
laß meinen Blick in diesen Reizen wühlen,
laß mich der Lippen fieberische Glut
in dieses Busens regen Wellen kühlen,
und meiner Küsse räuberische Flut
soll das Geheimnis dir im Sturm entreißen,
welch ein Geschlecht du würdigst sein zu heißen.

Hocherotik

Laß uns in den Tiefen wühlen, Drin die grausen Ungeheuer

Ernst Eckstein

Die kleine Mariette

Sonst hieß die Kleine Mariette,
Von Zwilch war Mieder und Rock;
Sie schlief auf hartem Bette
Und wohnte im fünften Stock.

Jetzt wohnt sie Bel-Etage,
Hat Witz und Phantasie,
Hält Diener und Equipage
Und heißt Komtesse Marie.

Wie hat sich in dritthalb Jährchen
Das alles nur so gemacht?
Mein Freund, das ganze Märchen
Heißt: Tausend und eine Nacht

Wilhelm Busch

Die Schändliche

Sie ist ein reizendes Geschöpfchen,
Mit allen Wassern wohl gewaschen;
Sie kennt die süßen Sündentöpfchen
Und liebt es, häufig draus zu naschen.

+

Da bleibt den sittlich Hochgestellten
Nichts weiter übrig, als mit Freuden
Auf diese Schandperson zu schelten
Und sie mit Schmerzen zu beneiden.

Wilhelm Busch

Falsche Scham

Was soll ich nur von eurer Liebe glauben?
Was kriecht ihr immer so in dunkle Lauben?
Wozu das ew'ge Flüstern und Gemunkel?
Das scheinen höchst verdächtige Geschichten.
Und selbst die besten ehelichen Pflichten,
Von allem Tun die schönste Tätigkeit,
In Tempeln von des Priesters Hand geweiht,
Ihr hüllt sie in ein schuldbewusstes Dunkel.

Wilhelm Busch

Das Glöcklein im Walde

Ein Kirchlein steht im Waldrevier,
Da klingt ein Glöcklein für und für,
Das Glöcklein läutet bim, bim!

+

Ein Knabe und ein Mägdelein,
Die wandeln da im Abendschein,
Im Frühlingswinde rauscht der Baum,
Die zwei, sie wandeln wie im Traum.
Das Glöcklein läutet bim, bim!

Der Knabe sprach: O Mägdlein lieb!
Warum bist du so still und trüb?
Das Glöcklein läutet bim, bim!

Die Maid, sie sprach: Ich bin so stumm
Und weiß doch selber nicht warum.
Mein Herz das klopft und will nicht ruhn
Als sollt' ich etwas Böses tun,
Und ist mir wieder doch so wohl,
So wonniglich, so ahnungsvoll!
Bald möcht' ich dies, bald möcht' ich das
Ich möchte wohl und – weiß nicht was.
Das Glöcklein läutet bem, bem!

Der Knabe zu derselben Stund
Der küßt die Maid wohl auf den Mund;
Das Glöcklein läutet bem, bem!

Im Abendwinde rauscht der Baum,
Die Zwei, sie wandeln wie im Traum,
Das Gras ist grün, der Wald ist dicht,
+

Ich sah die zwei – und seh sie nicht.
Das Glöcklein läutet bum, bum!

Das Glöcklein klingt bald dumpf, bald klar,
So lieb, so süß, so wunderbar,
Bim bim, bem bem, bum bum!

Ada Christen

Evoe! Es klingen die Becher;
Evoe! Es kreischen die Weiber,
Wilder, brünstiger klammern sich fest
Zum lüsternen Tanze die lüsternen Leiber.
Evoe! Die trunkene Lust
Kann uns der Himmel nimmer geben:
Aber die Hölle vergessen läßt –
Evoe! – Dieses wüste Leben!

Ada Christen

Ich sehne mich nach wilden Küssen,
Nach wollustheißen Fieberschauern;
Ich will die Nacht am hellen Tag
Nicht schon in banger Qual durchtrauern.

+

Noch schlägt mein Herz mit raschem Drang,
Noch brennt die Wang' in Jugendgluthen –
Steh' still, lösch' aus mit einem Mal!
Nur nicht so tropfenweis verbluten!

Erich
Otto
Hartleben

... **O** wüsstest du, wie hold mit Übermacht
das Zucken jeder Fiber dich durchwühlt,
wenn meine Lippen sprachlos Wonne flüstern
in deinen Leib ... O wüsstest du, wie wild
im Taumel deine Glieder beben lernen,
als wollten sie dem Leben sich entwinden
und ewig glühn in Wollustfieberflammen ...
O wüsstest dus! – Es ist ein Wunder, ja!
Und wer da zweifelt, wird es nimmer finden,
doch glaube nur, ach, lehne dich zurück,
gieb über deine Glieder mir Gewalt –
und wie dem Trüben, dem die Sonne langsam
aufschliesst das Herz, bis sie ihn warm durchströmt,
so wird auch dir ein unaussprechlich Glück,
berauschend ein Geheimnis sich enthüllen.

Erich
Otto
Hartleben

Wenn unter deinen Händen
der Leib des Weibes bebt,
wenn deines Blutes Wille nur
in ihren Adern lebt,

wenn jedes Sträuben, jede Scheu
in brünstig Sehnen sich verlor,
und hingegeben, sie zu dir,
dem Herren, dürstend schaut empor ...

dann schlürfst du erst den Feuertrank,
den Wein der Wollust dieser Welt!
Wohl mir, der diese Schale noch
randvoll an blühende Lippen hält!

Erich
Otto
Hartleben

Zum erstenmale giebst du
dich hin der vollen Lust –
drängst dich, als wolltest du mein Blut,
bebend an meine Brust ...

Zwängst dich an meine Glieder
in glühender Sinne Wuth –
ersterbend, forderst du von mir
lechzend die gleiche Gluth ...

+

Heil deiner jungen Wonne!
Heil deinem jungen Leib!
Auch dir erschloss das Leben sich –
Heil dir – du wurdest Weib!

Julius
Langbehn

Hochzeitsnacht

Siehst du den Bräutigam dort ruhn
Auf weichgetürmtem Pfühl?
Un ihm die Braut den Willen tun
In süßem Hochzeitsspiel?

Wie Arm in Arm und Brust an Brust
Und Leib an Leib sich fügt;
Und voll der allerhöchsten Lust –
An Saft und Mark
So fest und stark –
Sich ein Gefäß des Lebens ins andre sehnend schmiegt?

Das schmeckt so süß,
Wie's Paradies:
O könnt es ewig währen!
Jedoch es muß des Menschen Kraft
Und Leidenschaft
Den Menschen neu gebähren.

+

Des Werdens Strom ergießt der Mann
In seines Weibes Schoß;
Und neues Leben ringt sich dann
Aus ihrem Leibe los.

Frank Wedekind
Carmen bucolicon

Stallknecht und Viehmagd

Die Bärin wohnt im tiefen Walde,
Im tiefen Wald wohnt auch der Bär,
Und an demselben Aufenthalte,
Da wohnen Bären bald noch mehr.

Und im Olymp, da wohnen Götter,
Darunter Venus und Apoll;
Dort hat man ewig schönes Wetter
Und jeder Gott ist liebevoll.

Auf ödem Felde schafft die Viehmagd,
Tut ob der Arbeit manchen Schrei,
Jedoch Cupido, der sich nie plagt,
Wälzt sich im Grase nebenbei.

Nun kommt der Stallknecht mit den Kühen;
Auch Ochsen ziehen an dem Pflug,
+

Doch muß er selbst das meiste ziehen,
Dann geht es eben flott genug.

Cupido duckt sich listig nieder,
Er legt den Bogen an mit Lust
Und schießt die Viehmagd durch das Mieder
In ihre ahnungslose Brust.

Der Stallknecht kommt herbeigesprungen,
Auf daß er rasch ihr Hilfe bringt;
Cupido trifft den guten Jungen,
Daß er mit ihr zu Boden sinkt.

Da liegen Stallknecht nun und Viehmagd
Und schauen sich verwundert an,
Und nachher tun sie, was man nie sagt,
Doch was man leicht erraten kann.

Frank Wedekind

Liebesantrag

Laß uns mit dem Feuer spielen,
Mit dem tollen Liebesfeuer;
Laß uns in den Tiefen wühlen,
Drin die grausen Ungeheuer.

+

Menschenherzens wilde Bestien,
Schlangen, Schakal und Hyänen,
Die den Leichnam noch beläst'gen
Mit den gier'gen Schneidezähnen.

Laß uns das Getier versammeln,
Laß es stacheln uns und hetzen,
Und die Tore fest verrammeln
Und uns königlich ergötzen.

Frank Wedekind

Morgenstimmung

Leise schleich ich wie auf Eiern
Mich aus Liebchens Paradies,
Wo ich hinter dichten Schleiern
Meine besten Kräfte ließ.

Traurig spiegelt sich der bleiche
Mond in meinem alten Frack;
Ach die Wirkung bleibt die gleiche,
Wie das Kind auch heißen mag.

Wilhelmine, Karoline,
's ist gesprungen wie gehupft,
Nur daß hier die Unschuldsmiene,
Dort dich die Routine rupft.

Hermann
Conradi

Das verlorene Paradies

Es hat die Dirne mich geküßt:
Da ward ich von süßem Taumel trunken, –
Und als ob es Frau Venus selber wär',
Bin ich ihr an die wildwogenden Brüste gesunken ...

Es hat die Dirne mich geküßt, –
Ihre reifroten Lippen auf den meinen erblühten –
Da vergaß ich die harte Not und den Tod
Und meiner Mutter liebfrommes Behüten ...

Es hat die Dirne mich geküßt –
Da war's mir, als quöllen Flammenbäche
Wie der Hölle Sengstrom durch meinen Leib, –
Als ob bacchantische Brunst mir den Schädel zerbreche! ...

Es hat die Dirne mich geküßt –
Schluchzend lag ich vor ihr im Staube –
Da war's mir, als stürbe der Gott in mir,
Als stürb' an sündloser Lieb' mir der Glaube ...

Es hat die Dirne mich geküßt –
Da wußt' ich, daß ich die Seele verloren –
Da wußt' ich, daß ich dem Schächer gleich
Meine Seele der Hölle zugeschworen! ...

Es hat die Dirne mich geküßt –
Wohl trink' ich in ihren Armen Wonne – –

+

In meinem Herzen aber ist Finsternis,
Und verdorrt ist mir des Glückes Bronne! ...

Verdorrt ist mir der lebendige Mut,
Für meine Brüder die Gasse zu bahnen, –
Zerbrochen hab' ich die blitzende Wehr,
Zerbrochen die wurfzerfetzten Fahnen ...

Seitdem die Dirne mich geküßt,
Kann ich nur ihr gehören zu eigen ...
In Brünsten umklammre ich den weißen Leib
Und küsse sie – und der Rest ist Schweigen ...

Hermann Conradi

Einem Kinde der Sünde

Ob's deine Augen auch verneinen
Mit ihrem hellen, klaren Licht;
Ob auch auf deinem zarten, feinen,
Madonnenschönen Angesicht
Es liegt, als wäre deine Seele
Ein seltner Kelch, der niemals trog,
Drin Keuschheit sich und Kraft vermähle:
Ein Kind der Sünde bist du doch! ...

+

Ob deine Augen drohend blitzen –
Ob du auch zitternd, zornbewehrt,
Dich vor dem Frechen suchst zu schützen,
Den deiner Schönheit Reiz betört, –
Der deines Nackens holde Fülle
Umspannen will mit engem Joch –
Ein Bild der lieblichsten Idylle! –
Ein Kind der Sünde bist du doch! ...

Ob du auch sittsam deine frommen
Blauaugen niederschlägst, wenn jach,
Wie's just passiert, ein Wort gekommen –
Ein Wort von bravem, derbem Schlag –
Es fährt heraus – die andern kichern:
«Ein Witz, der nicht zum feinsten roch!»
Ob du auch kalt sie's läßt versichern –
Ein Kind der Sünde bist du doch! ...

Denn ich, Madonna, muß es wissen –
Du hast es selbst mir ungesäumt
Gebeichtet, da auf weichen Kissen
Ich manche Nacht bei dir verträumt ...
Dein schöner Leib ist so gesellig
Und Kosen dünkt ihn wunderfein –
Drum bist du heimlich gern gefällig:
Du sollst ein «Kind der Sünde» sein? ...

Otto
Julius
Bierbaum

Ein Menuett

Nestwarmweiche Lagerstätte,
Himmelblaues Himmelbette,
Seidenkissen, Spitzenzier,
Rosawolken, mullgebauschte,
Hinter denen Amor lauschte,
Unsrer Liebe, dir und mir,
Kräuselte der Tapezier.

Aus der Ampel quillt in hellen
Morgenrötenrosenwellen
Schmeichelweiches Liebeslicht.
Wie in einem Rosenhaine,
Rose selber, ruht die Meine,
Und von Rosen ein Gedicht
Ihres Busens Heben spricht.

Leise, leise, ihren roten
Lippen Morgengruß geboten.
Augen auf. Bon jour Madam'!
Zweier Sonnen hell Erwachen,
Zweier Sonnen selig Lachen ...
Als ich in den Arm sie nahm,
Amor aus der Wolke kam.

Otto
Julius
Bierbaum

Menuett

Ach, wie wird mir wohl und weh,
Süße Dame, süße Dame,
Wenn ich Ihre Augen seh,
Die der reine Zunder sind,
Und den Busen, weiß wie Schnee.

Und die kleinen Füße – oh!
Süße Dame, süße Dame,
Seh ich sie, so wird mir so –
Ach, ich weiß nicht, wie mir wird:
Halb und halb, halb bang, halb froh.

Und die Wädchen und das Knie,
Süße Dame, süße Dame,
Hände, Locken, Lippen ... nie
Sah ich, was mich so entzückt, –
Ach mein Gott: ich liebe Sie!

Was so um sie fliegt und weht,
Süße Dame, süße Dame,
Tanzt und auf und nieder geht:
Spitzen, Schleifen, Seide, Samt,
Ach, es macht mich ganz verdreht.

Dürft ich nur der Höschen Rand,
Süße Dame, süße Dame,
+

Küssen und das Sammetband
Streicheln über Ihrem Knie,
Selig wäre Mund und Hand.

Oder sind Sie grausam? Nein!
Süße Dame, süße Dame,
Schönheit kann nicht grausam sein,
Wenn sie Liebe leiden sieht:
Phillis läßt den Schäfer ein.

Otto Julius Bierbaum
zugeschrieben

I. Sie sprach:
Hernach!
Er flog –
Sie trog.

II. Er sprach:
Ich möchte!
(O Schmach –
Der Schlechte!)
Sie lachte.
Ich auch!
(Der Achte
Im Bauch!)
Es passen
+

Die beiden
Sehr gut
Zusammen!
Was hassen
Und neiden?
Jung Blut
Muß rammen!
Denn los!
Famos!
Sie nicken
Und neigen,
Und ficken
Und schweigen.
Und krachen dir auch die Weichen:
Geh' hin, und tue desgleichen!

Otto
Julius
Bierbaum
zugeschrieben

Ein Duett

Schwül war die Nacht, und dumpfe Wetter grollten,
Wir saßen beide in der feuchten Laube,
Allwo der Liebe Taumellust wir zollten –
Sie trug von Seidenklunkern eine Haube.
Der Springbrunn plätscherte so traumverschwommen,
+

Der Mond erschien bleich, wie ein alter Dreier.
Da fuhr es mir durch's zage Hirn beklommen,
Und ich ergriff die alte Dichterleier:
Grausames Lieb, ist's wahr, ganz wahr, daß Leute,
Tagtäglich zweimal essen, satt sich essen?
Ich kenne andre, die der Bauchgier Beute,
Gar viermal jeden Tag sich stopfend fressen.
Ich aber, sprach sie, kenne, so da hungern,
Und dennoch ihre Kräfte aufwärts recken,
Und deren Schwänze dennoch niemals lungern
(Drum operieren ewig sie durch Lecken).

So folge ihnen, hebe meine Hülle,
Und flöße Wollust mir in meine Glieder,
Füll aus die Möse!
Fülle, fülle, fülle!!!
Doch fülle nicht nur viermal! Fülle wieder!!
Dein Penispilz er schwille, schwille, schwille,
Boa konstriktorhaft mög Saft er gießen!
Und ob mir berstend auch zerkrach' die Nille –
Wenn wir in Wollustsaft zusammenfließen.

Ich aber sprach: bläh' deine Falten, blähe!
Und du, du sprachst: steif' steifer deinen Schwanz –
Er werde härter, stehe, stehe, stehe,
Gischt sprühe deines Hahnes Lustgekrähe!
O sterbe so im Fickelfackeltanz!!

Richard
Fedor Leopold
Dehmel
unzensierte Fassung

Venus Consolatrix

Dann kam Stern Lucifer; und meine Nacht
erblaßte scheu vor seiner milden Pracht.
Er schien auf meine dunkle Zimmerwand,
und wie aus unerschöpflicher Phiole
durchflossen Silberadern die Console,
die schwarz, seit lange leer im Winkel stand.
Auf einmal fing die Säule an zu leben,
und eine Frau erhob sich aus dem Glanz,
die trug im schwarzen Haupthaar einen Kranz
von gelben Rosen zwischen grünen Reben.
Ihr Morgenkleid von weißem Sammet glänzte
so sanft wie meine Heimatflur im Schnee,
die Rüsche aber, die den Hals begrenzte,
so blutrot wie die Blüte Aloë,
und ihre Augen träumten braun ins Tiefe,
als ob da Sehnsucht nach dem Südmeer schliefe.
Sie breitete mir beide Arme zu,
ich sah erstaunt an ihren Handgelenken
die starken Pulse springen und sich senken,
da nickte sie und sagte zu mir: Du –
du bist mühselig und beladen, komm,
wer viel geliebt, dem wird auch viel verziehen,
du brauchst das große Leben nicht zu fliehen,
durch das dein kleines lebt; o komm, sei fromm!

+

Und schweigend lüpfte sie die rote Rüsche
und nestelte an ihren seidnen Litzen
und öffnete das Kleid von weißem Plüsche
und zeigte mir mit ihren Fingerspitzen,
die zart das blanke Licht des Sternes küßte,
die braunen Warzen ihrer bleichen Brüste,
dann sprach sie weiter: Sieh! dies Fleisch und Blut,
das einst den kleinen Heiland selig machte,
bevor ich an sein großes Kreuz ihn brachte,
Maria ich, die Nazarenerin,
oh sieh, es ist desselben Fleisches Blut,
für das der große Heiland sich erregte,
bevor ich in sein kleines Grab ihn legte,
Maria ich, die Magdalenerin –
komm, stehe auf, und sieh auch Meine Wunden,
und lerne dich erlösen und gesunden!
Und lächelnd ließ sie alle Kleider fallen
und dehnte sich in ihrer nackten Kraft;
wie heilige Runen glänzten auf der prallen
Bauchhaut die Narben ihrer Mutterschaft,
in Linien, die verliefen wundersam
bis tief ins schwarze Schleierhaar der Scham.
Da sprach sie wieder und trat her zu mir:
willst du mir nicht auch in die Augen sehn?
und meine Blicke badeten in ihr.
Und eine Sehnsucht: du mußt untergehn,

+

ließ mich umarmt durch tiefe Meere schweben,
mich selig tiefer, immer tiefer streben,
ich glaube auf den Grund der Welt zu sehn,
weh schüttelt mich ein nie erlebtes Leben,
und ihren Kranz von Rosen und von Reben
umklammernd, während wir verbeben,
stamml'ich: o auf – auf – auferstehn! –

Richard
Fedor Leopold
Dehmel

Venus Primitiva!

O daß der Kuß doch ewig dauern möchte
– starr stand, wie Binsen starr, der Schwarm der Gäste –
der Kuß doch ewig, den ich auf die Rechte,
tanztaumelnd dir auf Hals und Brüste preßte!

Nein, länger duld'ich nicht dies blöde Sehnen,
ich will nicht länger in verzücktem Harme
die liebekranken Glieder Nächtens dehnen;
o komm, du Weib! – Weib! betteln meine Arme.

O komm! noch fühlt dich zitternd jeder Sinn,
vom heißen Duft berauscht aus deinem Kleide;
noch wogt um mich, du Flammenkönigin,
und glüht im Aschenflor die Kupferseide.

+

Gieß aus in mich die Schale deiner Glut!
Befrei mich von der Sünde: von dem Grauen
vor dieses Feuerregens wilder Brut,
von diesen Wehn, die wühlend in mir brauen!

Es schießt die Saat aus ihrem dunklen Schooß,
die lange schmachtend lag in spröder Hülle;
ich will mich lauter blühn, lauter und los
aus dieser Brünstigkeit zu Frucht und Fülle!

Oh komm! satt bin ich meiner Knabenlust.
Komm, komm, du Weib! Nimm auf in Deine Schale
die Furcht, die Sehnsucht dieser jungen Brust!
Noch trank ich nie den Rausch eurer Pokale.

Auf Nelkendüften kommt die Nacht gezogen;
o kämst auch Du so süß und so verstohlen,
so mondesweiß! O sieh: auf Sammetwogen,
auf Purpurflaum, auf schwärzeste Violen

will ich dich betten – oh – dich an mich betten,
daß alle meine Mächte an des Weibes
blendenden Göttlichkeiten sich entketten,
hinschwellend in den Teppich deines Leibes.

•

Wunderlich, wie dies Erinnern
plötzlich mein Erschauern kühlt.

+

Ach! der Glutpokal war zinnern
und zerschmolz mir, kaum gefüllt.

Dämpfe, die den Himmel schänden,
seh ich aus den Schlacken kriechen,
widerlich wie diese Wände,
die nach Pech und Moder riechen.

Aus den hohen Häusern drüben dringen
durch die Schattenmassen Gespenster,
die den Glanz der Nacht verschlingen;
schon verdunkelt sich ein Fenster.

Kommt! ich will die Stirn euch bieten,
Schatten meiner verpraßten Stunden,
der ich Tausenden gleich an dir gelitten,
Weib mit deinen Lasterwunden,

bis ich auffuhr voll Entsetzen
vor dem Gift, das ich genossen,
aus dem Duftbann deiner seidnen Fetzen,
Weib der Gassen und der Gossen, ...

Richard
Fedor Leopold
Dehmel

Venus Perversa

Dort sitz nieder! sieben Kreuze
zwischen uns! und gönn mir's: sei nicht Tier!
Sondern ich suche andere Reize:
Dich: komm, liebe dich vor mir!

Dich nur, Dich! nur deine verschmachtenden Blicke
und deine zuckende Scham und deine scheuen
Seufzer gönn mir – ja, entzücke
mich mit Deinen Rasereien!

Oh du, wenn die Knospen deiner welken
Brüste unter deinen tastenden Fingern
wieder schwellen wie in jüngern
Nächten – oh, dies Schwelgen –

gönn mir's, gönn mir's! Meine eigenen Freuden
sind mir Schaum, der bitter ist –
aber Du, wenn Du so stöhnst und glühst,
will ich mich an Deiner Wildheit weiden:

wie du gleich enttäuschten Bräuten
deine einsame Sehnsucht stilltest,
deine heimlichen Seligkeiten
mit berauschten Händen fühltest –

+

fühlst – stillst – – Seele, bricht dein Blick?
Oh du, laß mich diesen Blick genießen!
dies Verröcheln von Lippen bis zu Füßen!
recke dich nicht so starr zurück –

Ekelt dich? – Ah –: witterst du nun den reifen
Menschen? bist du satt der Kuhnatur?! –
Und wir schaudern: wir begreifen
den Triumph der Unnatur.

•

Wohin fliehn nach solchen Wonnen?
Damals lernt'ich die Ekstasen
der entbehrungssüchtigen Nonnen
würdigen, und das geistige Rasen

derer, die vor lauter Brünsten
nach der reinen Inbrunst schreien,
während sie mit Marterkünsten
bis zum Rausch ihr Fleisch kasteien.

Wahrlich, wenn der Heiligen Einer
jetzt vor meinem Bett erschiene,
brünstiger als ich rang keiner!
Und mit eingeweihter Miene

+

dürft ich ihm die Hände reichen:
Komm, hier kannst du ruhig beten.
Mußte doch selbst sie mir weichen,
die Versucherin der Asketen, ...

Felix
Dörmann

Ein Souvenir

O grabe der herrlichen Zähne
Blauschimmernde Perlenreihn
In raubtierwild-rasenden Küssen
Tief in die Schulter mir ein!

Wir wollen noch einmal erkämpfen
Den heißesten, höchsten Genuß,
Eh' von dem erschlaffenden Körper
Die Gierde weichen muß.

Der brennenden fiebernden Wunde
Wollustdurchfolterte Qual,
Sie sei unsrer sterbenden Liebe
Blutiges Totenmal.

Felix
Dörmann

Und wieder nah'n die düstern,
Hohläugigen Geister der Nacht,
Mit sinnbetörendem Flüstern
Und prüfen gierig und lüstern
Die alte, gewaltige Macht.

O rette, Geliebte, rette!
Hör' meinen verzweifelnden Schrei!
Nicht schreckt sie die heilige Stätte,
Sie schließen um mich ihre Kette,
O hilf, o steh' mir bei!

Auflodert das tollste Begehren,
Der Sünden schlummernde Brunst,
Bei ihrem Gifthauch schwären
Der Seele Wunden und leeren
Ins Hirn ihren krankhaften Dunst.

Mein tiefes, keusches Lieben
Die flammende Gier durchloht,
Die reinen Gedanken entstieben,
Und nichts ist zurück mir geblieben,
Als wollustrasende Not.

Sieh meine zuckenden Glieder, –
Des Mundes blasigen Schaum;
O neig' zu mir Dich nieder, –
Hinweg das starre Mieder,
Für meine Lippen Raum!

+

Hinweg von Deinen Brüsten
Das faltige Schleiergewand,
Es ringt mein ganzes Gelüsten
Nach keuschen, ungeküßten,
Hinweg, hinweg Deine Hand!

Ich fühle mein Aug' sich verglasen,
Mein Leib verkohlt, verbrennt,
Jetzt mußt Du mit mir rasen, –
Mußt teilen meine Ekstasen,
Der Seligkeit höchsten Moment.

Felix
Dörmann

Und wieder umpreßt und umschnürt mich
Das grauenhaft herrliche Weib,
Es brennt und zuckt und zittert
Morphiumgesättigt ihr Leib.

Jedwede Muskelfaser
Sich zum Zerreißen dehnt,
Die schrankenlosesten Freuden
Das trunkene Hirn ersehnt.

Es hebt in wilden Stößen
Schweratmend sich die Brust,
Durch jede Fiber rieselt
Bewußtseinertötende Lust.

+

Dein Feuerauge funkelt
In brünstiger Liebesgier,
Jetzt ist die Zeit gekommen, –
Geliebte, – jetzt sündigen wir.

Felix Dörmann

Ruhbedürftig, liebesübersättigt,
Sinkt nach tobenden Genüssen
Dein gespensterblasser,
Herrlicher Leib
Keuchend zurück.
Weit geöffnet, in schweren Atemzügen
Zittern die Nüstern,
Und im leisen Nachtkrampf
Zerren sich die hochgeschürzten Lippen
Langsam steigt von Deinem tiefgelegnen
Onyxdunklen Auge
Deines Lides leichtumblauter,
Schwerer Schleier.
Liebesicher und hochmut-funkelnd
Glutet Dein Blick in meinem ...
Plötzlich, den hilflos-zornigen,
Liebezermarterten Leib
Machtvoll niederzwingend,
+

Wühlt sich der Wille zur Wollust
Nochmals stürmisch auf aus Deiner Seele,
Und herüber zu mir
Zischt Dein gewaltiges
Grauenhaft süßes:
«Her zu mir!»

Sidonie Grünwald-Zerkowitz

Sündige Stimmungen

Wie's der Mond da boshaft meint,
Der mir jetzt ... ins Stübchen scheint!
Zärtlich läßt er seinen Strahl
An mir hüpfen auf und nieder –
... Hüpften jetzt mir ohne Zahl
Deine Küsse um die Glieder!

Sidonie Grünwald-Zerkowitz

Schamhaftigkeit

Du schiltst mich: kalt, ohne wahres Empfinden,
Indessen Höllenlohen sich winden
Mir durch den Leib, darin zu ringen
Mit der – Scham, die sie dämpfen möcht' und bezwingen!

\+

Durchs Innerste wogt mir ein glühendes Drängen
In eines mit Dir mich zu vermengen, –
Mit dem ganzen Sein Dich zu umfassen,
In jede Pore Dich einzulassen!

Wie, nur ihre Schönheit als einzige Hülle,
Die Erde sich bringt in nackter Fülle
Dem glühenden Sonnenstrahl entgegen:
So möcht' ich in Deine Arme mich legen!

... Ja, liehe ein Traum mir seine Hände,
Den Gürtel zu lösen mir von der Lende ...
Zum Werke der Liebe das Kleid mir zu schürzen ...
Den Kampf mit meiner Scham mir zu kürzen!

Und bettete mich der Traum auf das Kissen ...
Ohn' daß ich, wie's geschah ... müßt wissen!
Möcht' Traumes zauberhaftes Walten
Indessen die Seele umfangen mir halten,

Indess, bis ich auf schweigsamem Pfühle
Süß Deinen Odem wirken fühle! –
... Der Traum der Scham die Augen verbände
Und ich – im Himmel mich befände! ...

Sidonie Grünwald-Zerkowitz

… Ist das Hemd mir zerrissen –

Mitten, mitten im Küssen
Ist das Hemd mir zerrissen,
Ob auch der Gurt nicht hat wollen
Mir von den Lenden rollen …

Das Hemd mit dem großen Risse,
Der einließ mir Deine Küsse,
– Zeuge von meinem Schenken –
Bewahr' ich als Angedenken;

Bewahr' es zum Angedenken
An das heilige erste – Michschenken …
An die reiche, die selige Stunde
An Deinem Herzen und Munde.

Nicht soll es am Leib mir mehr hangen,
Wird er von Dir nicht umfangen!
Das Hemd mit dem Riß ich verwahre –
Man lege mir's an auf der Bahre!

Daß, sollt' ein Grab mich umgeben,
Wo Du nicht ruhst daneben,
Mich umweh', wo das Hemd zerrissen,
Die Spur von Deinen – Küssen!

Hocherotik

Kleiner Aus-Rück-Blick ins 20. Jahrhundert mit Arno Holz

Hundret lihbe
kleine Dinger
läkken sich nach
mir die Finger

Arno
Holz
Ode Trochaica.

Er will nicht heurathen!

Weisse Venus / nakkt und blohß /
Amor sizzt auff deinem Schooß;
seine Äuglein lustig glizzen /
deine Brüste Flammen sprizzen!

Trunckner bün ich alß Silen /
keiner kan für euch bestehn /
Jüden / Heyden und sälbst Christen
wisst ihr durchauß zu belisten!

Heimlich zwikkts mich biß zum Zeh /
abens / wenn ich extra geh;
doch ich hüte mich beym Naschen /
denn ich will nicht Windeln waschen.

Philurille / spey mich an /
niemahls werde ich dein Mann.
For mein angenehmes Wesen
hat mich Fillis itzt erlesen.

Alß ich letzt bey Chloen stund /
jükkte gleich-falls mir der Mund;
ach / ihr arg verlihbtes Hertzgen
brännt schon wie ein Räucher-Kertzgen!

Halt mich nicht for keinen Schwan /
denn ich bün ein Wetter-Han.
+

Hundret lihbe kleine Dinger
läkken sich nach mir die Finger.

Bey Moscat und Malvasir
pfeiffe ich auff Bitter-Bier.
Mandel-Dütgens find ich nüzze /
doch mir graut für Hafer-Grüzze!

Arno
Holz
Vier Strophen aus:

Er singt ihnen / während deme sie drincken

Cyripor / du kleiner Schlingel /
eben warstu noch ein Kringel;
kaum daß Chloe zu dir spricht /
bistu gleich ein Kirchen-Licht!
Nächtens erst um halber Vier
zogst du durch den Schwartz-Wald ihr /
fast beschehmbt so deine Krafft
sälbst Sankt Jörgens Lantzen-Schafft!

Zerschlizzte Sylvia /
mein Gott / was hast du da?
Daß hat dich manche Nacht
wohl schon vergnügt gemacht?
Hüll nicht in Boy und Flohr
dihß süsse Rohsen-Dhor!
+

Dort lacht for jeden Mann
das schönste Canaan!

Ists nicht Fillis/ ists Klorinde/
danckbar sind wir jedem Kinde/
wenn ihr kleines Feigen-Blatt
blohß mit uns Erbarmniß hat!

Alle Augen! Alle Guscheln!
Alle nichts alß Purpur-Muscheln!
Alle rund-gewölbte Hüfften/
die Jeßmin und Rohsen düfften!
Früher oder später
werden wir mahl Väter!
Pakkt die Krüge ümb die Henckel:
Auff das Wohl-seyn unsrer Enckel!

Arno
Holz
Ode Jambo-Trochaica.

Er hört mit ihr den Gukguk schreyn

Grisillgen/ weistu waß?
Kom mit mir in das Graß.
Im Hayn blüht lengst der Flihder
die Fröschgens hupffen wihder.
Venus und ihr kleines Söhngen
pflükken sich da Tausendschöngen.
+

Ach / nun ist die göldne Zeit –
hörstu / wie der Gukguk schreyt?

Grisillgen / weistu waß?
Itzt wünscht ich dihß und daß.
Sih / wie sich meine Zihgen
ümb deine Schäffgens schmihgen.
Zwischen Qwendel / über Qwekken
tasten dort verbuhlt zwo Schnekken.
Ach / nun ist die göldne Zeit –
horch blohß / wie der Gukguk schreyt!

Grisillgen / weistu waß?
«Nein / nicht doch / Dafnis / laß!
For so ein Bihnen-Kröpffgen
ist nicht mein Honig-Döpffgen!
Müßt ich nicht durch solch Benähmen
mich vor meinen Schäffgens schähmen?
Drükk mir nicht mein Daffet-Kleid /
horch doch / wie der Gukguk schreyt!»

Grisillgen / waß ist daß?
Dein Hütgen glüzzt gantz naß?
«Lind träuffelt seinen Segen
ein lihber Sonnen-Regen!»
Flinck in jenes Rohsen-Läubgen!
Ich der Täuber / du das Täubgen!
Ach / nun ist die göldne Zeit –
nein / wie blohß der Gukguk schreyt!

Seite
81

Christian Friedrich Daniel Schubart

1739 – 1791

Seite
171f.

Johann Gottfried Seume

1763 — 1810

Seite
40

Kaspar von Stieler

1632 — 1707

Seite
115

Moritz August von Thümmel

1738 — 1817

Seite
205ff.

Frank Wedekind

1864 — 1918

Seite
33f.

Christian Weise

1642 — 1708

Seite
148ff.

Christoph Martin Wieland

1733 — 1813

Mit einem Sternchen (*) versehene Gedichte im Kapitel 17. Jahrhundert sind der Neukirchschen Sammlung (siehe unten) entnommen.

Arnold, Heinz Ludwig (Hrsg.). Komm. Zieh dich aus. Das Handbuch der lyrischen Hocherotik. Zürich, 1991.

Bierbaum, Otto Julius. Irrgarten der Liebe. Berlin / Leipzig, 1901. Für die Bierbaum zugeschriebenen Texte: P. Englisch. Anthologie der erotischen Literatur aller Zeiten und Völker. Bd. 1. Wien, o.J. [ca. 1932].

Blinn, Hansjürgen. Klassiker der erotischen Literatur. CD-Rom, Berlin, 2007.

Blumauer, Aloys. Sämmtliche Gedichte, Herausgegeben von A. Kistenfeger, München, 1830. Für den Blumauer zugeschriebenen Text: Stern, Bernhard. Illustrierte Geschichte der erotischen Literatur, Bd. 2. Wien u. Leipzig, 1908.

Brunn, Ludwig von. Reise nach Cythera. Hamburg, 1966.

(Bürger, Gottfried August). Bürgers Gedichte in zwei Teilen. Herausgegeben von Ernst Cosentius Berlin, Leipzig, Wien, Stuttgart, 1914.

(Bürger, Gottfried August). Phantasien in drei priapischen Oden. Dargestellt und im Wettstreit verfertigt von Bürger, Voss und Stolberg. Letzterer erhielt die Dichterkrone. München, o. J. [1924]

Busch, Wilhelm. Sämtliche Werke, Herausgegeben v. Otto Nöldeke, Band 6, München 1943.

(Busch, Wilhelm). Kneipzeitungen – Gedichte und Sinnsrüche von Wilhelm Busch. München 1921.

Castelli, Ignaz Franz. Die Sauglocke, o.O. u. J. (ca. 1840). [Nachdruck: München, 1970].

(Celander). Celanders Verliebte-, Galante / Sinn-, Vermischte und Grab-Gedichte. Hamburg und Leipzig, 1716.

Christen, Ada. Lieder einer Verlorenen. Hamburg, 1869.

Conradi, Hermann. Gesammelte Schriften, herausgegeben von Dr. Paul Ssymank und Gustav Werner Peters. München und Leipzig, 1911.

(Corvinus, Gottlieb Siegmund, Pseud. Amaranthes.). Proben der Poesie In Galanten- Verliebten- Vermischten Scherz- und Satyrischen Gedichten abgelegt Von Amaranthes. 2 Bde. Frankfurt und Leipzig , 1710 / 1711.

Dehmel, Richard. Die Verwandlungen der Venus. Berlin, 1907.

Günther, Johann Christian. Sammlung von Johann Christian Günthers, aus Schlesien, bis anhero edierten [...] Gedichten. Breßlau und Leipzig, 1735.

Hartleben, Otto Erich. Meine Verse. Berlin, 1905.

Heilmann, Werner (Hrsg.). Du schönes Lustrevier. Erotische Lyrik und Grafik. München, 1980.

Heine, Heinrich. Roter König, Grüne Sau. Frivole Gedichte. Hrsg. von Jan-Christoph Hauschild. Köln, 1997.

Holz, Arno. Dafnis. Lyrisches Portrait aus dem 17. Jahrhundert, München, 1904.

Jacobs, Steffen (Hrsg.). Liederlich! Die lüsterne Lyrik der Deutschen. Frankfurt, 2008.

Kiermeier-Debre, Joseph und Fritz Franz Vogel (Hrsg.). Der Volks-Schiller. Pornographische Parodien aus dem Biedermeier. Wien, 1995.

Kiermeier-Debre, Joseph und Fritz Franz Vogel (Hrsg.). Die Entdeckung der Wollust. Erotische Dichtung des Barock. München, 1995.

(Le Pansiv). Poetische Grillen bey Müßigen Stunden von le Pansiv, Erfurt, 1729.

Meinold, Peter. Der Liebe Ziel ist wonniglich. Ein genüßliches Brevier mit liederlichen Liedern. Bern und München, 1984.

Mostar, Gerhard Hermann (Hrsg.). Das Lieben bringt groß Freud. Gewagte Gedichte der Weltliteratur. Hannover, 1965.

(Müchler, Karl). Erotische Tändeleyen. Leipzig, 1793.

Müller-Melchior, Max. Galante Musenkinder. Leipzig 1906.

Neue Parodien auf vier Schiller'sche Gedichte: Die Glocke, [...]. Bucarest, 1891.

(Neukirchsche Sammlung). Herrn von Hoffmannswaldau und andrer Deutschen [...] Gedichte. Herausgegeben von Benjamin Neukirch, Leipzig, Glückstadt, 1695 — 1727. Neudruck: Tübingen, 1961 — 1991.

Non Plus Ultra. Oder Phantasien auf der Venus-Geige. Rom & Paris, Gedruckt in diesem Jahr [um 1860].

Nuditäten. Padua, 1797. Und: Nuditäten erstes [und zweites] Heft. Oder Fantasien auf der Venus-Geige. Padua, um 1810. Reprint Leipzig, 1985.

(Scheffner, Johann Georg). Gedichte im Geschmack des Grecourt. Frankfurt und Leipzig, 1771. Und: Berlin, o.J., [ca. 1920].

Schiller, Friedrich. Sämtliche Werke, Band 1. 3. Aufl. München, 1962.

Stern, Bernhard. Illustrierte Geschichte der erotischen Literatur aller Zeiten und Völker. 2 Bände. Wien u. Leipzig, 1908.

Stieler, Kaspar. Die geharnschte Venus, herausgegeben von Ferdinand van Ingen. Stuttgart, 1970.

Walther, Th. Die leichtgeschürzte Muse. Leipzig 1908.

Wedekind, Frank. Die vier Jahreszeiten. Gedichte. München, 1905.

Weise, Christian. Der grünenden Jugend überflüssige Gedanken. Leipzig 1678.

Wieland, Christoph Martin. Werke. Herausgegeben von Fritz Martini und Hans Werner Seiffert. München, 1964 ff. Für den Wieland zugeschriebenen Text: Stern, Bernhard. Illustrierte Geschichte der erotischen Literatur, Bd. 2. Wien u. Leipzig, 1908.

Wilkat, Jochen (Hrsg.). Freche Lieder. Liebestolle Verse, [...]. München, 1967.

Wilken, Rolf (Hrsg.). Liebe ist besser als Krieg. Erotische Lyrik und lose Lieder. Hamburg 1967.

Die Illustrationen entstammen folgender Ausgabe:

Alexis Piron. Poésies Badines & Facétieuses. A Cythère, chez Cupidon, au Temple de Vénus, 5000800605 [ca. 1850].

Bereits erschienen

Einmal eins ist eins, steck dein Ding in meins
Band 1 (Volkserotik)

264 Seiten
16 vierfarbige Bildtafeln
ISBN 978-3-03774-004-0

Drastisch derbe Reime aus drei Jahrhunderten: in dieser Sammlung reimt das Volk. In Gedichten, Liedern und Sprüchen geht es zügellos gegen enge Moral und manchmal gegen den guten Geschmack. Mit Phantasie und Witz wird Lust und Last an der Lust besungen und gereimt, gerne unter der Gürtelline: anständig ist das nicht.

«Eine geballte Ladung gereimter Derbheiten, die ohne Vorspiel zur Sache kommen. Wer behauptet eigentlich, dass es früher züchtiger zuging?»
FALTER

«Zotig, direkt und politisch komplett inkorrekt. Der Sammelband über Volkserotik ‹Steck dein Ding in meins› überzeugt mit Untenrumlyrik.»
die tageszeitung

Dehmel, Richard. Weib und Welt, Berlin, 1896. [Venus Consolatrix]

Deliciae Poeticae, Oder Poëtische Ergötzlichkeiten, für alle Menschen [...] Erste Parthie und Andere Parthie. Aus der Poëtischen Kammer-Druckerey, 1728

Dörmann, Felix. Neurotica. München und Leipzig, 1914.

Englisch, Paul. Anthologie der erotischen Literatur aller Zeiten und Völker. Wien, o.J. [ca. 1932].

Erotische Bildergallerie. Von einem Kunstliebhaber. Neu York, o.J. [ca. 1870].

Fuchs, Eduard. Illustrierte Sittengeschichte. München 1909f.

Gedichte, Aufsätze und Lieder im Geiste Marc(elin) Sturms. Stuttgart . 1834.

Gemmen, treu und gewissenhaft nach der Natur. Erster [und zweiter] Theil. 5. Aufl. Chicago, o.J. [ca.1870].

Goethe, Johann Wolfgang von. Berliner Ausgabe. Herausgegeben von Siegfried Seidel. Berlin, 1960ff.

Grillparzer, Franz. Sämtliche Werke. Band 1. München, 1960.

Grün, Heinrich (Hrsg.). Sex ist gut fürs Denken. Der schmutzige Zitatenschatz. Frankfurt, 1995.

Impressum

Hurtig komm in meinen Arm, schlüpf sie ab, die Nachtgewänder

Hocherotik

im Verlag **Walde+Graf** (www.waldegraf.ch)

Herausgeber: Gesine Karge, Manfred C. Reimann
und Andreas Fischer
Gestaltung: 2xGoldstein, Karlsruhe (D)
Druck und Bindung: Kösel GmbH & Co. KG,
Altusried / Krugzell (D)

ISBN 978—3—03774—005—7

WALDE+GRAF